Espíritos rebeldes

O livro é a porta que se abre para a realização do homem.

KHALIL GIBRAN

Espíritos rebeldes

Tradução: Edson Bini

mantra·

1ª edição, 2018.

Editores: Jair Lot Vieira e Maíra Lot Vieira Micales
Edição de texto: Marta Almeida de Sá
Produção editorial: Carla Bitelli
Assistente editorial: Thiago Santos
Capa: Studio Mandragora
Preparação: Daniel Rodrigues Aurélio
Revisão: Marta Almeida de Sá
Editoração eletrônica: Estúdio Design do Livro

Dados Internacionais de Catalogação na Publicação (CIP)
(Câmara Brasileira do Livro, SP, Brasil)

Gibran, Khalil, 1883-1931.
    Espíritos rebeldes / Khalil Gibran; tradução de Edson Bini
– São Paulo: Mantra, 2018.

    Título original: *al-Arwah al-Mutamarridah*.

    ISBN 978-85-68871-11-9

    1. Contos libaneses I. Bini, Edson. II. Título.

18-15216   CDD-892.7

Índice para catálogo sistemático:
1. Contos: Literatura libanesa 892.7
Maria Paula C. Riyuzo - Bibliotecária - CRB-8/7639

mantra.

São Paulo: (11) 3107-4788 • Bauru: (14) 3234-4121
www.mantra.art.br • edipro@edipro.com.br
🅵 @editoraedipro   🅾 @editoraedipro

Sumário

Ao espírito que realmente envolveu meu espírito. Ao coração que realmente verteu seus segredos no meu coração. À mão que realmente acendeu a chama de meu amor.

Prefácio

As quatro histórias que compõem este volume, traduzidas do inglês nesta edição, foram originalmente escritas em árabe por Gibran, que as concluiu em 1908, e foram publicadas quando ele contava com apenas 25 anos. Nessa época, quinze anos antes do lançamento de *O profeta*, que teve repercussão mundial e transformou Gibran em um dos pensadores mais expressivos do século xx, nosso autor era conhecido somente no círculo restrito de um grupo de admiradores constituído por leitores do árabe; na sua maioria, libaneses.

Este conjunto de histórias pode ser considerado uma sequência de outra obra de Gibran: *As ninfas do vale*. Todavia, nesta oportunidade, paralelamente ao seu tom místico e à sua forma, que soma linguagem simples e acessível a imagens repletas de beleza e profundidade, Gibran articula uma crítica ousada, dura e frontal aos costumes e às tradições da cultura árabe, embora, pela maestria de sua pena, universalize sua mensagem, já que o retrato que cria de governos autoritários e corruptos e sociedades marcadas pelo preconceito acerbo e pela desigualdade extrema óbvia e lamentavelmente não está, nós o sabemos, circunscrito às comunidades árabes regidas por autocracias islâmicas e, mesmo, no Líbano de seu tempo, sob o catolicismo cristão.

Nesse sentido, é de se notar que, a rigor, Gibran nada descreve de novo, uma vez que trata da subjugação dos fracos pelos poderosos; do culto ao dinheiro, às posses e aos títulos; da exploração e da manipulação da mulher; da concentração nababesca dos recursos às expensas da miséria da grande maioria; da aliança entre governos e cleros no seu próprio interesse – fatos que observamos quase no mundo inteiro. É o modo como trata dessas chagas universais que perpassam o passado, o presente e se perpetuam rumo ao futuro que nos comove e nos alerta, pois o grande autor libanês é contundente sem ser agressivo, é severo sem ser cruel, é pragmático sem ser amargo, é realista e poético sem ser destituído de esperança e quixotesco.

Ademais, Gibran, que, inclusive, reserva a punição da insensibilidade dos poderosos ao "tribunal de sua consciência" – para citarmos uma expressão sua – e a um poder supremo, não é nem pessimista nem descrente da humanidade, e não há nenhum espaço em suas linhas, seja para a inércia, o marasmo e a apatia, seja para o cinismo e a ironia.

Edson Bini

Wardé Al-Hani

I

Infeliz é o homem que ama uma donzela e a toma como companheira por toda a vida, vertendo aos pés dela o suor de sua fronte e o sangue de seu coração, depositando nas mãos dela os frutos de seu trabalho e o produto de sua labuta, para então saber, repentinamente, que o coração dela, que ele procurou conquistar com o esforço de dia e o cuidado à noite, é entregue como uma dádiva a outro homem, de modo que este possa extrair prazer do que há de oculto nesse coração e regozijar-se nos segredos do amor nele contido.

Infeliz a mulher que desperta da ignorância da juventude para encontrar-se na casa de um homem que a domina com seus presentes e riquezas e que a traja com generosidade e bondade, mas é incapaz de tocar seu coração com a chama viva do amor e, tampouco, satisfazer a alma dela mediante o vinho divino que Deus faz fluir dos olhos de um homem para o coração de uma mulher.

Desde os dias de minha juventude eu conhecera Rashid bey Nu'man. Ele era de origem libanesa, nascera e residia em Beirute. Descendia de uma velha e abastada família conhecida por seu apego à memória de antigas glórias. Gostava de contar com detalhes histórias sobre a nobreza de seus ancestrais. No seu cotidiano, era fiel aos seus costumes e às tradições, e nestes refugiava-se em meio aos hábitos e às modas ocidentais que saturavam a atmosfera do Oriente como revoadas de pássaros.

Rashid bey era um homem de bom coração e de índole generosa, mas, como muitos homens da Síria, via apenas a superfície das coisas e não aquilo que se encontrava oculto sob ela. Não ouvia o canto de seu próprio espírito; usava seus sentidos somente para escutar as vozes ao seu redor. Entretinha-se com coisas destituídas de importância, coisas que cegam as pessoas para os segredos da vida e desviam o espírito de seu entendimento das coisas ocultas da criação para a busca de prazeres efêmeros. Estava entre aqueles que se apressam a exibir seu amor ou seu ódio pelas pessoas e coisas só para depois de algum tempo se arrepender de sua precipitação, ocasião em que o arrependimento se converte em causa de zombaria e desdém em vez de indulgência e perdão. Foram essas coisas em sua natureza que uniram Rashid bey Nu'man a Wardé Al-Hani antes que o espírito dela pudesse envolver o dele à sombra de um amor que faz da vida de casados uma felicidade.

Estive distante de Beirute por muitos anos, e quando retornei fui ver Rashid. Encontrei-o com o corpo débil e a tez pálida. No semblante contorcido tremulavam expressões de tristeza e dos seus olhos doloridos a aflição falava silenciosamente de um coração partido e de um peito oprimido. Procurei a causa de sua enfermidade e angústia naquilo que o cercava, mas nada descobri.

Assim, perguntei-lhe: "Qual o motivo de seu sofrimento, meu amigo, e onde está a alegria que outrora irradiava de seu rosto como uma luz? Onde se acha a felicidade que era sua juventude? A morte o separou de um ente querido? Ou as trevas da noite o despojaram daquilo que você juntou à luz do dia? Diga-me, então, em nome de nossa amizade, qual é essa aflição que envolve seu espírito e qual é a doença que está de posse de seu corpo."

Ele me olhou com o olhar de alguém atingido pela aflição para quem a recordação começa por trazer de volta os ecos de dias mais felizes para então silenciá-los. Numa voz da qual a própria maneira de falar era desventura e desespero, ele disse:

"Se um homem perde um amigo que lhe é caro, olha ao redor de si, encontrando muitos outros, com o que é confortado e consolado. Quando uma pessoa perde sua fortuna, passa pouco tempo pensando nisso, ciente de que os esforços que antes resultaram em riquezas para ela regressarão em sua ajuda, de modo que esquece. Se, porém, um homem perde sua paz de espírito, onde recuperá-la e como terá sua retribuição? A morte estende sua mão e golpeia violentamente, ferindo você, mas transcorridos um dia e uma noite você sente a carícia dos dedos da vida e recupera o riso e a alegria. O destino o atinge de surpresa e olha para você com grandes olhos amedrontadores, o agarra pela garganta e o arremessa ao solo, pisando em você com pés de ferro; em seguida, parte rindo. Mas ele não tarda a retornar, buscando o seu perdão, ergue você com dedos dotados de um toque sedoso e entoa uma canção de esperança. As sombras noturnas trazem consigo toda espécie de aflição e aborrecimento que ao amanhecer se desvanecem no nada. Em seguida você experimenta a sua determinação e se aferra às suas esperanças. Se, entretanto, seu lote na vida for um pássaro que você ama e alimenta com sementes provenientes de seu coração, pássaro cuja sede você sacia com a luz dos seus olhares, cuja gaiola é as suas costelas, e cujo ninho é a sua alma, e se enquanto contempla seu pássaro, acariciando ternamente suas penas, subitamente ele abandona suas mãos e voa nas alturas do céu para longe somente para pousar na gaiola de outra pessoa e jamais retornar, o que, meu amigo, fará você então? Como encontrará paciência e consolo e como recuperar a esperança?"

Rashid bey pronunciou essas últimas palavras com uma voz estrangulada pelo sofrimento e permaneceu tremendo como um caniço açoitado pelo vento. Estendeu suas mãos como se fosse agarrar algo com seus dedos distorcidos e despedaçá-lo. O sangue afluiu em seu rosto e tingiu sua carne enrugada de uma cor escura; arregalou os olhos, e suas pálpebras tornaram-se rígidas. Ele parecia alguém que estivesse vendo diante de si um espírito maligno invocado do nada para tomar sua vida. Voltou então o olhar para mim; sua expressão alterou-se imediatamente, e a raiva e o ódio presentes em seu corpo debilitado foram substituídos por agonia e dor. Então ele disse, em pranto:

"Ela é a mulher. É a mulher que eu livrei da penúria e da escravidão e a quem franqueei meus tesouros, tornando-a invejada por todas as mulheres por conta de suas belas roupas, joias valiosas, carruagens e cavalos de puro-sangue. A mulher amada por meu coração, aos pés de quem ele derramou sua afeição; para quem minha alma inclinou-se com uma profusão de presentes e oferendas. A mulher para quem eu era um amigo devotado, um companheiro sincero e um marido fiel traiu-me. Abandonou-me e se dirigiu à casa de outro homem para viver com ele à beira da pobreza e com ele dividir o pão amassado com vergonha e com ele beber a água misturada com desonra e degradação. É a mulher que eu amei. O pássaro gracioso que alimentei com meu coração e cuja sede saciei com a luz dos meus olhos. O pássaro para o qual minhas costelas eram uma gaiola e minha alma um ninho alçou voo de minhas mãos e pousou num outro ninho, um ninho construído com espinhos, para aí comer vermes e cardo e beber veneno e fel. O anjo que instalei no paraíso de meu amor e afeição para aí residir transformou-se num demônio assustador mergulhado na escuridão para o seu próprio tormento mediante seus pecados e o meu tormento mediante seu crime."

Aquele homem emudeceu e cobriu o rosto com suas mãos como se fosse proteger o seu eu do outro. Então suspirou e disse: "Isso é tudo que posso dizer a você, não me pergunte nada mais. Não dê voz ao meu infortúnio, mas que permaneça em silêncio, e talvez possa assim aquietar-se ainda mais e conceder-me paz e o túmulo."

Levantei-me. Lágrimas banhavam meus olhos e eu sentia o coração lacerado pela compaixão. Deixei-o em silêncio, pois não conseguia encontrar palavras que servissem de bálsamo ao seu coração ferido, nem sabedoria que atuasse como luz a iluminar as trevas de seu espírito.

II

Alguns dias depois me encontrei com Wardé Al-Hani, pela primeira vez, numa casa humilde rodeada de árvores e flores. Ela ouvira meu nome mencionado na casa de Rashid bey, o homem cujo coração ela pisoteara e que abandonara para morrer ainda vivo. E quando contemplei seus olhos brilhantes e ouvi o tom suave de sua voz, disse a mim mesmo: "É possível que esta mulher seja má? Será possível que este rosto diáfano esconda uma alma disforme e um coração perverso? É esta, então, a esposa traidora? É esta a mulher que com frequência acusei e imaginei como uma serpente oculta no corpo de algum pássaro de rara beleza?". Mas então reconsiderei e sussurrei para mim mesmo: "O que, afinal, produziu a infelicidade daquele homem senão esse rosto gracioso? Será que não ouvimos falar e inclusive sabemos que a beleza aparente constitui uma causa de calamidades ocultas e terríveis e de angústias profundas e dolorosas? Não é a lua que ilumina a imaginação dos poetas a mesma lua que perturba a tranquilidade das águas com o fluxo e refluxo?".

Sentei-me perto dela. Como se houvesse ouvido o que eu pensava e não desejasse prolongar a luta entre minha perplexidade e meus pensamentos, ela apoiou sua bela cabeça em sua mão alva e, numa voz em que se distinguiam as claras notas de uma flauta, disse: "Não me encontrei com você antes, meu amigo, mas seus pensamentos e sonhos repercutiram e chegaram a mim graças aos comentários das pessoas, e eu o conheço como alguém que tem compaixão por uma mulher oprimida, que mostra clemência em relação à fraqueza dela e sensibilidade diante de seus sentimentos e emoções. E é por causa disso que mostro a você meu coração e exponho abertamente meu peito para que possa ver o que aí se acha escondido e, se o quiser, revelar às pessoas que Wardé Al-Hani jamais foi uma mulher má e traiçoeira. Eu tinha dezoito anos quando o destino me conduziu a Rashid Nu'man, que tinha então perto de quarenta anos. Ele me amava com paixão e, como costumam dizer as pessoas, suas intenções em relação a mim eram honradas. Então fez de mim sua esposa, tornando-me senhora de sua bela casa onde havia muitos servos, vestiu meu corpo de seda e adornou minha cabeça, meu pescoço e meus pulsos com joias e pedras preciosas. Exibiu-me como alguém exibe um objeto estranho e raro nas casas de seus amigos e conhecidos. Sorria o sorriso de um conquistador sempre que via os olhos deles pousando em mim cheios de admiração e pasmo. Se ouvia as esposas de seus amigos se referirem a mim com afeição, erguia sua cabeça orgulhoso. Mas quando alguém perguntava 'Esta é a esposa de Rashid bey ou uma garota que adotou?', não dava ouvidos a isso. Tampouco prestava atenção quando outra pessoa observava: 'Se Rashid bey tivesse casado quando jovem, seu primogênito seria agora mais velho do que Wardé Al-Hani!'.

"Tudo isso aconteceu antes que minha vida tivesse despertado do sono profundo da infância e antes que os deuses houvessem acendido em meu coração a chama do amor; antes que as sementes da afeição e do sentimento tivessem florescido em meu peito. Sim, tudo isso ocorreu num tempo em que eu pensava que a maior felicidade estava nos belos trajes que adornavam meu corpo, numa carruagem elegante para me transportar e em tapetes de valor inestimável a minha volta. Quando, porém, acordei e meus olhos se abriram para a luz e senti línguas do fogo sagrado atingindo-me e ardendo, e uma fome do espírito a me dominar e machucar; quando acordei e vi minhas asas a se moverem ora para a direita, ora para a esquerda, erguendo-me para as alturas às regiões do amor, para em seguida tremerem e se abaterem impotentes ao lado das correntes do costume que antes prendiam meu corpo, eu soube o significado daqueles grilhões ou o presságio daquele costume; quando acordei e senti todas essas coisas, percebi que a felicidade de uma mulher não está na glória e no poder de um homem. Não está, tampouco, em sua generosidade ou clemência; está, sim, num amor que liga o espírito dela ao espírito dele, vertendo o amor dela ao coração dele e fazendo de ambos um único membro no corpo da vida e uma única palavra nos lábios de Deus. Quando essa verdade que machucava revelou-se a minha visão, vi-me como uma ladra na casa de Rashid Nu'man, que comia o pão do proprietário e depois se escondia nas cavernas sombrias da noite. Sabia que cada dia passado ao lado dele era uma mentira que a vergonha marcaria com ferro quente sobre minha fronte em letras de fogo diante do céu e da Terra, pois eu não podia dar-lhe o amor de meu coração em troca de sua generosidade, nem podia conceder-lhe afeição em troca de sua bondade e compaixão. Tentei amá-lo, mas em vão, pois o amor é uma força que constrói nossos corações; nossos corações são incapazes de criar essa força. Orei e supliquei sem êxito. Orei dirigindo-me ao silêncio das noites diante dos Céus, pedindo-lhe que criasse no meu âmago uma afinidade espiritual que atraísse a mim o homem que fora escolhido para meu marido. Mas os Céus não me atenderam, pois o amor desce sobre nossos espíritos mediante a ordem de Deus e não ao pedido dos seres humanos. E assim permaneci realmente por dois anos completos na casa daquele homem, onde eu invejava a liberdade das aves dos campos, ao passo que as filhas de famílias da minha condição invejavam meu cativeiro. Semelhante a uma mulher despojada do único filho que concebera, eu chorava por meu coração concebido pelo conhecimento, tornado enfermo pelo costume e pela lei e que a cada dia morria de fome e sede. Então num dia escuro olhei além da escuridão e avistei uma luz suave que brilhava nos olhos de um jovem que trilhava sozinho a estrada da vida e que morava sozinho em meio aos seus livros e papeis nesta casa pobre. Cerrei meus olhos para que não pudesse ver esses raios e disse para mim mesma: 'Teu lote,[1] ó espírito, é as trevas do túmulo; portanto não cobiça a luz!'. Então percebi e ouvi uma melodia divina cuja doçura produziu um tremor em meus membros, cuja pureza possuiu meu ser. Imediatamente cerrei meus ouvidos e disse: 'Teu lote, ó espírito, é o bramido da cova; portanto não cobiça a canção.'. Cerrei as pálpebras para impedir minha visão e os ouvidos para impedir minha audição. Porém meus olhos viram a luz ainda que estivessem fechados e meus ouvidos escutaram a canção embora estivessem tapados. A princípio, fiquei com medo, como um pobre que acha uma joia do lado de fora do palácio do rei e não ousa pegá-la devido ao temor e, todavia, não é capaz de deixá-la por causa de sua pobreza. Eu chorava as lágrimas de um homem sedento que

---

[1] A noção de lote, sorte, destino está presente de modo acentuado na religião árabe (o tradicional *maktub*, está escrito) e mesmo no catolicismo cristão. É a doutrina da predestinação ou do fatalismo, segundo a qual tudo que ocorre em nossas vidas já foi predeterminado por Deus, o Poder Supremo. É necessário, porém, a nosso ver, não confundir *destino* com *carma*. A doutrina do carma (fundamental em várias religiões orientais, no misticismo em geral, no ocultismo e mesmo em religiões primitivas, além de figurar no espiritualismo ocidental – por exemplo, no espiritismo kardecista) admite o livre-arbítrio individual humano, ou seja, são nossas ações, possíveis e produzidas através da liberdade e da escolha, que moldam e determinam aquilo que ocorrerá em nossa existência (em conexão com as ações de existências anteriores e, inclusive, acarretando consequências para existências posteriores, pois a doutrina do carma está necessariamente associada à doutrina da reencarnação – ou metempsicose). Nem a doutrina do carma nem a da reencarnação são aceitas pelo Islã, pelo judaísmo ou pelo catolicismo cristão, que são, evidentemente, faces exotéricas do espiritualismo, e em cujo domínio o autor situa-se aqui. Entretanto as almas rebeldes que nadam contra a correnteza retratadas por Gibran parecem certamente não crer na predestinação, mas sim na construção de uma vida baseada nas ações livres e corajosas. (N. T.)

avista um poço de água doce cercado por feras da floresta, e se joga ao chão, a observar receosamente."

Wardé ficou calada por algum tempo. Fechou seus grandes olhos como se o passado se postasse diante dela e ela não tivesse coragem de encará-lo. Em seguida, prosseguiu:

"Aqueles que saíram do infinito, a ele retornaram e nada experimentaram das verdades da vida desconhecem o significado da agonia de uma mulher quando seu espírito se coloca entre o homem que os Céus quiseram que ela amasse e o homem a quem as leis de seus semelhantes a prenderam. Trata-se de uma tragédia escrita com o sangue e as lágrimas da mulher cuja leitura leva um homem ao riso por faltar a ele qualquer compreensão dessa tragédia. Se chega a compreendê-la, seu riso se converte em crueldade e zombaria, e em sua ira ele cobre a cabeça da mulher com carvões em brasa e enche os ouvidos dela de blasfêmias e maldições. É tragédia encenada pelas noites sombrias no coração de toda mulher que tem seu corpo acorrentado ao leito de um homem que ela conhece como marido antes de conhecer o que é o casamento. Ela contempla seu espírito adejando em torno de outro que ela ama com toda a sua alma, com toda a beleza e a pureza do amor. É uma árdua luta que começa com o nascimento da fraqueza numa mulher e da força num homem, e essa luta não finda até o dia em que a fraqueza deixa de ser uma escrava da força. Trata-se de uma guerra destrutiva entre as leis corruptas dos homens e as emoções sagradas do coração. Outrora fui arrojada na arena e o medo quase me destruiu, e o pranto me reduziu à prostração. Mas eu me ergui, lancei ao longe a covardia das filhas de minha condição social e libertei minhas asas dos grilhões da fraqueza e da submissão. Voei para as alturas rumo às amplas aragens do amor e da liberdade. E agora me regozijo ao lado do homem com quem deixei a mão de Deus como uma única chama ardente antes do começo do tempo. Não há nenhuma força neste mundo capaz de privar-me de minha felicidade, pois ela brota do amplexo de duas almas unidas pelo entendimento e abrigadas pelo amor."

Wardé olhou-me com um olhar significativo, como se fosse perfurar meu peito com seus olhos para descobrir o efeito de suas palavras em meu coração e ouvir o eco de sua voz em meus ossos. Contudo eu permaneci calado com receio de interromper seu discurso. Então ela falou com uma voz que encerrava a amargura da recordação e também a doçura da liberdade e da libertação. Disse:

"As pessoas dirão a você que Wardé Al-Hani é uma mulher traidora e infiel que obedeceu ao seu coração sensual e abandonou o homem que a elevou até ele e a tornou senhora de sua casa. Dirão a você que ela é desavergonhada, uma prostituta que manchou a coroa sagrada do matrimônio com suas mãos impuras e que a substituiu por uma coroa abjeta feita com os espinhos do inferno. E que se despiu dos trajes da virtude para vestir os trajes da vergonha e do pecado. Dirão a você tudo isso e mais, pois os fantasmas de seus ancestrais continuam vivendo em seus corpos. São como as cavernas desertas dos vales que devolvem vozes por meio do eco sem compreender o significado contido nessas vozes. Nada sabem da lei sagrada de Deus em suas criaturas; tampouco são conhecedoras da verdadeira fé. Ignoram quando um ser humano é culpado e quando é inocente, preferindo considerar apenas coisas externas; seus olhos míopes não veem o que está oculto. Sentenciam os indivíduos na ignorância, sendo para elas iguais o culpado e o inocente e o bom e o mau. Ai daqueles que julgam e pesam! Eu era uma meretriz e uma mulher infiel na casa de Rashid Nu'man por ele ter feito de mim aquela que compartilhava de seu leito em função da tradição e do costume e não na qualidade de uma esposa perante os Céus, a ele ligada pela lei sagrada do amor e do espírito. Aos meus próprios olhos e perante Deus eu era alguém abjeto e impuro ao tomar sua propriedade para que ele pudesse tomar meu corpo. Mas agora sou pura e limpa, pois a lei do amor libertou-me. Tornei-me fiel e boa porque parei de fazer comércio com meu corpo por pão e com meus dias por roupas. Sim, eu era uma prostituta quando as pessoas me consideravam uma esposa virtuosa. E, no entanto, agora, quando sou pura e honrada, consideram-me uma prostituta e impura, isto porque julgam as almas de acordo com seus corpos e medem o espírito com o padrão de medida da matéria."

Wardé silenciou e olhou para a janela. Apontou na direção da cidade com sua mão direita. Com uma voz alta saturada de repugnância e desprezo como se visse nas ruas, nas entradas das casas e nos seus telhados sombras de corrupção e baixeza, ela disse: "Observe aquelas belas moradias e mansões nobres onde habitam os indivíduos ricos e poderosos. Entre as paredes cobertas de cortinas de seda a traição convive com a hipocrisia, e sob tetos de ouro laminado estão presentes mentiras e falsidade. Observe bem aqueles prédios que falam a você de glória, poder e boa sorte. Não passam de cavernas que ocultam mesquinharia e infelicidade. São túmulos de emplastro nos quais a falsidade de uma mulher fraca se refugia por trás da maquiagem de seus olhos[2] e do avermelhamento de seus lábios; em cujos cantos se ocultam o egoísmo e a brutalidade de um homem por trás do resplendor do ouro e da prata. Esses são os palácios que erguem altaneiras suas paredes de orgulho e esplendor; entretanto, pudessem eles sentir o bafo de embuste e falsidade que exala sobre eles e então rachariam, desmoronariam e tombariam ao chão. Essas são as casas que o aldeão pobre contempla com olhos banhados de lágrimas; soubesse ele, porém, que nos corações de seus moradores não existe um grão do amor e da doçura que se aloja no coração de seu companheiro, e sorriria desdenhosamente, voltando ao seu campo tomado de compaixão."

Tomou minha mão e me conduziu a um canto da janela que dava para aquelas casas e mansões e disse:

"Venha e mostrarei a você os segredos dessas pessoas às quais não desejei me assemelhar. Olhe aquele palácio com as colunas de mármore e as vidraças. Nele vive um homem rico que herdou a fortuna de seu pai avarento e aprendeu seu modo de vida nas ruas infestadas de corrupção. Há dois anos, desposou uma mulher da qual pouco sabia exceto que o pai dela pertencia à nobreza e ocupava elevada posição no seio da aristocracia da cidade. Mal terminara a lua de mel e ele estava cansado dela, retornando à companhia de mulheres fáceis que só vivem de prazer, abandonando-a naquele palácio como um bêbado abandona uma jarra de vinho vazia. Inicialmente, em sua agonia, ela mergulhou no pranto; em seguida teve paciência e consolou-se como alguém que admite ter cometido um erro. Descobriu que suas lágrimas eram demasiado preciosas para serem derramadas por causa de um homem como seu marido. Atualmente ela se ocupa da paixão de um jovem possuidor de um belo rosto e de uma língua que lhe diz

---

[2] *Mascara*, maquiagem específica para realçar os cílios. (N. T.)

coisas doces, em cujas mãos ela verte o amor de seu coração e cujos bolsos ela enche do ouro do marido – o marido que não terá nenhum caso amoroso com ela, pois ela não desejará ter nada com ele.

"Olhe aquela casa circundada por um jardim luxuriante. É a residência de um homem cuja ascendência remonta a uma família ilustre que outrora governou seu país durante um longo período. Hoje, devido à dissipação da fortuna da família, à ociosidade e à preguiça de seus filhos, essa família perdeu o prestígio. Há muitos anos esse homem casou-se com uma moça muito abastada e feia; após adquirir sua riqueza, ele condenou ao esquecimento a existência dessa moça e obteve para si uma amante belíssima. A outra ele deixou a roer suas unhas em seu arrependimento, a se desmanchar no desejo ardente e na saudade. Agora ela passa as horas enrolando os cabelos, escurecendo os cílios e colorindo o rosto com pós e unguentos. Enfeita o corpo com trajes de cetim e de seda na esperança de ser favorecida pelo olhar de um daqueles que a visitam, mas tudo que consegue são os olhares de seu reflexo no espelho. Aquela casa com pinturas e estátuas é a casa de uma mulher de rosto gracioso e alma disforme. Por ocasião da morte de seu primeiro marido, herdou seu dinheiro e propriedades. Depois disso, escolheu para marido um homem de vontade e corpo débeis, tornando-o seu esposo com o objetivo de abrigar-se por trás do nome dele contra os comentários maledicentes das pessoas, fazendo da presença desse marido uma defesa para os atos injustos dela. Agora ela se encontra entre aqueles que a desejam como uma abelha que suga das flores o doce e o agradável.

"Olhe agora aquela casa mais longe, aquela de entrada ampla e arcos engenhosamente construídos. Nela vive um homem, um amante das coisas materiais, alguém ocupado e ambicioso. Ele possui uma esposa que reúne em si um belo corpo que proporciona prazer e um espírito dotado de suavidade e ternura. Nela espírito e corpo estão harmonizados como estão combinados harmoniosamente a forma de um verso e a delicadeza de seu sentido. Ela foi criada para viver pelo amor e morrer por ele. Mas, como as filhas de sua condição,[3] ela foi

---

[3] No original, *"the daughters of her kind"*, expressão que Gibran repete e que parece designar, como ele expressa incisivamente na imediata sequência, as moças pertencentes a famílias de condição social geralmente modesta, cujos pais as prometiam

condenada por seu pai antes de completar dezoito anos, e o cambão de um casamento corrupto foi instalado em seu pescoço. Hoje seu corpo está enfermo, a derreter como uma vela de cera no calor de sua afeição encarcerada. Ela fenece lentamente como uma brisa perfumada antes de uma tempestade.

Está sendo destruída pelo amor de uma coisa que sente, mas que não pode ver. Anseia que o amplexo da morte a liberte do seu estado estéril e a livre de ser escrava de um homem que passa seus dias acumulando riqueza e as noites contando dinheiro, enquanto amaldiçoa a hora em que tomou para si uma mulher infértil que para ele não concebeu um filho para herdar sua fortuna e perpetuar seu nome... Olhe agora para aquela casa situada isoladamente em meio aos jardins. É a morada de um poeta talentoso detentor de um pensamento grandioso e de crença espiritual. É casado com uma mulher obtusa e de mentalidade grosseira. Ela zomba de seus versos porque nada compreende deles e desdenha suas obras porque para ela são estranhas. Todavia, agora ele a deixou pelo amor de outra, uma mulher casada sensível e sábia que ilumina o coração dele através de seu amor, e que com seu olhar e sorriso o inspira para a criação de discursos imortais."

Wardé mais uma vez silenciou e fez uma pausa. Sentou-se junto à janela dando a impressão que seu espírito se cansara de sua perambulação pelos cômodos ocultos daquelas habitações. Voltou então a falar e disse num tom ligeiro:

"Esses são os lugares onde eu não quis viver. Esses são os túmulos onde não desejei ser enterrada viva. Aquelas pessoas de cujos costumes me libertei e cujo cambão atirei longe de mim são as que se unem e se juntam pelos seus corpos, mas que em espírito se mantêm em mútuo conflito. Nada há que interceda por elas perante Deus exceto a ignorância de suas leis. Não as julgo, mas tenho pena delas; tampouco as odeio; odeio apenas o ato de se renderem a mentiras e à hipocrisia. Expus a você os segredos delas e revelei o que se acha em seus corações não por valorizar a difamação e a calúnia, mas para que você conhecesse a verdade acerca de uma gente à qual eu me

---

em casamento, mesmo antes da maioridade, a homens de condição socioeconômica superior. (N. T.)

assemelhava no passado e da qual escapei. E para revelar a você a conduta de gente que somente fala mal de mim porque me privei de sua amizade para conquistar minha alma e abandonei seus costumes enganosos com o objetivo de voltar meu olhar para a luz onde residem a sinceridade, a verdade e a justiça. Expulsaram-me de seu convívio, porém estou contente pois sei que são aqueles cujos espíritos se rebelam contra a falsidade e a opressão que a multidão expulsa do seu meio. Aquele que não prefere o exílio à escravidão não é livre naquela liberdade que é constituída por verdade e dever. Ontem eu era uma mesa farta da qual Rashid bey se acercava quando experimentava a necessidade de alimento. Nossos espíritos, contudo, se conservavam separados como servos humildes que permanecem à distância. Quando o conhecimento me atingiu, repudiei com asco essa servidão e tentei submeter-me a minha sorte, mas fui incapaz de fazê-lo pois meu espírito proibiu-me de passar meus dias na prostração diante de um ídolo erigido pelos olhos negros e chamado de lei. Rompi minhas correntes, mas ainda não sabia como tirá-las de mim até ouvir a convocação do amor e ver o espírito preparado para a partida. Saí da casa de Rashid Nu'man como um prisioneiro sai de sua prisão, deixando atrás de mim joias, servos e carruagens, e vim para a morada do meu amor, destituída de vistosas mobílias, mas repleta das coisas do espírito. Sei que nada fiz salvo o que era certo, pois a vontade celestial não era que eu cortasse minhas asas e me prostrasse no pó, escondendo minha cabeça entre meus braços ao mesmo tempo que de meus olhos vertia o sangue de minha vida, a dizer: 'Este é o meu lote na vida.' Os Céus não decretaram que passasse minha existência bradando em agonia na noite a dizer 'Quando chegará a aurora?', e quando ela chegasse, perguntar: 'Quando se encerrará este dia?'. Não foi decretado que o ser humano deva ser infeliz e triste, já que em seu âmago é gerado o desejo da felicidade, porque a glória de Deus reside na felicidade de um ser humano. Esta, portanto, é minha história, e este é meu protesto diante do céu e da Terra. Eu a cantarei e narrarei, porém, as pessoas taparão os ouvidos e não ouvirão, pois temem a rebeldia de seus espíritos e receiam que as fundações de sua sociedade sejam abaladas e desmoronem sobre suas cabeças. Esse é o caminho áspero e acidentado que trilhei antes de alcançar o auge de minha felicidade.

Se a morte acontecesse agora e me levasse, meu espírito se colocaria altaneiro diante do Poder supremo, sem medo e sem tremor, mas com esperança e alegria; e os véus de meus pensamentos secretos tombariam perante o grande Juiz, revelando a sua alvura de neve, pois tudo que fiz foi a vontade do espírito que Deus realmente destacou de si mesmo. Segui o brado do coração e o eco de melodias celestiais. Eis, então, minha história, a qual os habitantes de Beirute consideram uma maldição nos lábios da vida e uma chaga no corpo da sociedade. Mas se arrependerão quando os dias vindouros despertarem em seus corações sombrios o amor do Amor como o sol faz nascer flores das profundezas da terra, a mesma terra repleta dos restos dos mortos. Nessa ocasião, o passante se deterá ao lado de minha sepultura e a saudará dizendo: 'Aqui jaz Wardé Al-Hani, que libertou seu amor da servidão das leis corruptas dos homens para que pudesse viver pelas leis do amor; que ergueu o rosto para o sol para que não pudesse ver a sombra de seu corpo entre caveiras e espinhos.'"

Mal Wardé terminara seu discurso e a porta abriu, permitindo a entrada de um jovem. Era belo e esbelto, seus olhos emitiam uma luz e seus lábios compunham um doce sorriso. Wardé se levantou e segurou afetuosamente seu braço. Apresentou-o a mim, mencionando meu nome de modo amável. Ao pronunciar o nome dele, olhou-me com um olhar que dizia ser esse o rapaz por quem ela rejeitara o mundo e anulara suas leis e seus costumes.

Sentamos. Cada um de nós permanecia mudo, a indagar mentalmente o que pensavam os outros. Decorreu um minuto, um minuto saturado de um silêncio que inclinava todos os espíritos a uma longa pausa dedicada a pensamentos elevados. Olhei para eles sentados um ao lado do outro e vi o que não vira antes. Então percebi imediatamente o significado da história de Wardé e entendi o segredo de seu protesto contra uma sociedade que persegue o rebelde que se opõe às suas leis antes de conhecer a causa de sua rebelião. Vi diante de mim um único espírito divino nos dois corpos humanos que a juventude tornava belos e harmoniosamente trajados. Entre eles se colocava o deus do amor, suas asas distendidas para protegê-los do ódio e da condenação das pessoas. Captei uma compreensão completa e perfeita que surgia dos dois rostos diáfanos iluminados pela pureza. Pela primeira vez em minha vida, vi a imagem da felicidade presente entre um homem e uma mulher condenados pelo dogma e repudiados pela lei.

Logo depois me levantei e me despedi deles, um testemunho silencioso da comoção de meu espírito.

Saí daquela morada humilde que a afeição transformara num santuário de amor e harmonia e caminhei entre aquelas casas e mansões cujos segredos Wardé revelara a mim. Refleti em suas palavras e na verdade que lhes servia de base, porém mal alcancei as imediações do quarteirão e me lembrei de Rashid bey Nu'man. Percebi novamente sua infelicidade e angústia e disse a mim mesmo: "Está infeliz e oprimido, mas será que os Céus o ouvirão se colocar-se diante dos Céus tomado pela mágoa e culpando Wardé Al-Hani? Esta mulher o prejudicou ao deixá-lo para seguir seu espírito livre, ou foi ele que a prejudicou ao forçar seu corpo a submeter-se ao casamento antes de o espírito dela inclinar-se para o amor? Qual deles é o opressor e qual é o oprimido? Realmente, quem é o culpado e quem é o inocente?".

Prossegui no meu monólogo mental, examinando os estranhos acontecimentos de então e mais uma vez falei comigo mesmo: "É frequente a vaidade levar mulheres a abandonar seus maridos pobres para irem de encontro a homens ricos, pois a paixão feminina por roupas elegantes e uma vida tranquila de facilidades torna a mulher cega, conduzindo-a à vergonha e à ruína. Fora Wardé Al-Hani ignorante e procurara o prazer do corpo ao proclamar sua independência perante os líderes do povo e seguir um jovem de pendor espiritual? Enquanto estava na casa de seu marido poderia satisfazer aos seus desejos em segredo com jovens apaixonados que teriam dado a vida para se tornarem escravos de sua beleza e mártires do amor dirigido a ela. Wardé Al-Hani era uma mulher infeliz; procurou a felicidade, a descobriu e a acolheu. Trata-se de uma verdade desprezada pela sociedade humana e banida pela lei."

Murmurava essas palavras arrojadas ao ar, dizendo comigo mesmo enquanto tateava no escuro em busca de entendimento: "Mas é permitido a uma mulher comprar sua felicidade ao custo da infelicidade de seu marido?". E o meu eu mais interior respondia com uma pergunta: "Então um marido dispõe da liberdade de escravizar as afeições de sua esposa para que possa manter-se feliz?".

Continuei o meu caminho enquanto a voz de Wardé enchia meus ouvidos, até que atingi os arredores da cidade. O sol se punha no oeste, os campos e jardins vestiam seus véus de tranquilidade e silêncio e os pássaros entoavam a prece do anoitecer. Eu permanecia em contemplação e, suspirando, disse:

"Diante da soberania da liberdade estas árvores realmente se regozijam sob a carícia da brisa e diante de sua majestade de fato se glorificam sob os raios do sol e da lua. Os pássaros realmente discursam nos ouvidos da liberdade e em torno de suas margens esvoaçam junto aos riachos. Estas flores efetivamente derramam sua fragrância na atmosfera da liberdade e diante de seus olhos sorriem com a chegada da manhã. Tudo que existe sobre a Terra vive segundo a lei de sua natureza, e pela natureza de sua lei são difundidos as glórias e os júbilos da liberdade. Somente ao ser humano essa ventura é proibida, pois ele cria leis terrestres que tolhem seu espírito imortal, e sentencia duramente tanto seu corpo como sua alma, e constrói sombrios muros de prisão ao redor de seu amor e de seu anelo, e cava uma sepultura profunda para o seu coração e a sua mente. E se um de seus semelhantes ergue-se e se dissocia da sociedade e da lei, as pessoas dizem que esse indivíduo é um rebelde e alguém mau que merece ser expulso de seu meio; alguém decaído e impuro a quem só cabe a morte. Será necessário que o ser humano continue eternamente sendo um escravo de suas leis corruptas, ou o tempo o libertará para que viva no Espírito para o Espírito? Terá ele que perpetuar o seu olhar dirigido ao solo, ou erguerá o olhar rumo ao sol para não ver a sombra de seu corpo entre espinhos e caveiras?".

O grito das tumbas

I

O emir[4] sentou-se de pernas cruzadas no banco do juiz e em um e outro lado dele sentaram-se os sábios da nação em cujos rostos se refletiam as páginas de livros e compêndios. Em torno do emir postavam-se soldados empunhando espadas e erguendo lanças. O povo permanecia diante dele. Alguns que ali se encontravam, turistas, apreciavam um espetáculo; outros eram observadores ansiosos que aguardavam a sentença de um conterrâneo. Todos, porém, permaneciam com a cabeça baixa, a respiração contida e o olhar humilde, como se um olhar do emir constituísse uma força que instilasse medo e terror em seus corações e almas.

Uma vez todos sentados e chegada a hora do julgamento, o emir levantou a mão e falou em voz alta: "Apresentem os criminosos um a um e me informem sobre seus delitos e crimes." A porta da prisão foi então aberta e suas paredes negras expostas como a garganta de uma fera ao descerrar as mandíbulas para um bocejo. De todos os cantos irrompeu o som de correntes e algemas que emitiam um ruído semelhante ao de um chocalho a acompanhar os suspiros e gemidos dos prisioneiros. A multidão desviou o olhar e estendeu o pescoço como se fosse influenciar a lei naquele espetáculo das presas da morte emergindo das profundezas do túmulo.

---

[4] Príncipe, ou governante em geral, de países regidos segundo o islã. (N. T.)

Após alguns momentos, dois soldados saíram da prisão conduzindo um jovem com os braços amarrados. Seu rosto austero e as feições tensas revelavam um espírito forte e um coração valente. Colocaram-no diante da corte e em seguida recuaram. O emir o observou durante um minuto e disse: "Qual é o crime deste homem que se apresenta perante nós com a cabeça erguida como alguém que está num lugar onde se recebe honras, e não em um lugar em que se está nas garras da justiça?". Um membro do tribunal respondeu: "É um assassino que ontem atacou um dos oficiais do emir e o derrubou quando ele passava pelos povoados para o cumprimento da lei. Quando esse homem foi agarrado, a espada tingida de sangue ainda estava em sua mão."

O emir exibiu uma expressão de indignação ao mover-se no seu assento elevado e seus olhos faiscaram de raiva. Em voz alta, bradou: "Levem-no de volta à escuridão e façam seu corpo suportar o peso das correntes. Amanhã, ao romper da aurora, degolem-no com o fio de sua própria espada e lancem seu corpo num local ermo e remoto, para que os abutres e as feras furtivas que por ali rondam o despedacem completamente e os ventos carreguem o fedor de sua podridão às narinas de seus amigos e parentes."

Imediatamente conduziram o jovem de volta à prisão, e a multidão o seguiu com seus olhares de compaixão e suspiros profundos, pois se tratava de um jovem na primavera da vida, atraente e de robusta compleição física.

Os soldados reapareceram, desta vez conduzindo do calabouço uma moça muito bela de aparência frágil. Seu rosto mostrava a palidez causada pela dor e a infelicidade; olhos banhados de lágrimas, cabeça baixa como se sob o peso do arrependimento e do remorso. O emir olhou para ela e indagou: "E o que fez esta mulher de aspecto doentio que a nós se apresenta como a sombra ao lado da verdade?". Um dos soldados respondeu: "É uma adúltera. Seu senhor topou com ela uma noite e a encontrou nos braços do amante, de modo que a entregou à polícia após a fuga de seu companheiro."

O emir a observou cuidadosamente, ao passo que ela olhava para o chão envergonhada. Em seguida, disse severamente: "Devolvam-na à escuridão do calabouço e a estendam num leito de espinhos; talvez com isso ela se lembre do leito que conspurcou com sua vergonha. Deem-lhe de beber vinagre misturado com colocinto[5] para que possa saborear novamente o beijo proibido. E, ao surgir da aurora, arrastem-na para fora nua, levem-na para o exterior da cidade e apedrejem-na até a morte. Deixem ali o seu corpo para que os lobos se regalem com sua carne e os vermes e os insetos roam seus ossos." A moça foi devolvida às trevas de seu cárcere e a multidão a fitou, maravilhada com a justiça do emir e pesarosa com a beleza lamentável e os olhares melancólicos da jovem.

Os soldados apareceram pela terceira vez, conduzindo um homem débil de meia-idade que se arrastava com suas pernas trêmulas como se elas mesmas fossem apenas farrapos que pendiam de suas vestes esfarrapadas. No seu terror, olhava para uma direção e para outra e de seus olhares agoniados saltavam espectros de pobreza, desespero e infortúnio. O emir se voltou para ele e perguntou num tom desdenhoso: "Qual o crime desta criatura abjeta que está de pé como um morto entre os vivos?". Um de seus soldados respondeu: "É um ladrão, um salteador que entrou uma noite no mosteiro. Foi agarrado pelos piedosos monges e nas dobras de sua roupa descobriram um vaso sagrado do santuário."

O emir o fitou com o olhar de um abutre faminto na iminência de agarrar um pardal ferido e bradou: "Ponham-no a ferros e joguem-no nos buracos escuros do cárcere. Ao romper da aurora, tirem-no da prisão e enforquem-no numa árvore alta usando uma corda de linho, deixando seu corpo suspenso para que oscile entre o céu e a Terra. Que os elementos da natureza façam cair os seus dedos de ladrão como folhas de uma árvore e que os ventos espalhem seus membros como poeira."

E assim eles levaram o ladrão de volta a sua cela enquanto as pessoas murmuravam entre si: "Como esse pagão fraco ousa surrupiar os vasos sagrados do mosteiro?".

O emir desceu do assento de juiz e foi seguido pelos sábios e legisladores. Os soldados caminharam diante dele e atrás dele, e o povo que observava se dispersou. Não tardou para que o lugar ficasse vazio e silencioso exceto pelos gritos lamentosos dos prisioneiros e os soluços e os suspiros desses pobres desgraçados que perpassavam como sombras pelas paredes.

---

[5] Fruto amargo da *Citrullus colocynthis*, da família das cucurbitáceas. (N. T.)

Eu estava lá durante todo esse acontecimento. Ali permaneci como um espelho diante de formas que se moviam, pensando nas leis que os homens criam para seus semelhantes; ponderando sobre o que se passa por justiça junto ao povo; sondando os segredos da vida e o significado da existência. Assim fiz até que meus pensamentos se tornaram vagos e indistintos como a luz do céu do anoitecer por trás de uma névoa. Ao sair daquele lugar, disse para mim mesmo: "As plantas sugam os elementos do solo; as ovelhas se alimentam das plantas e o lobo é predador das ovelhas. O unicórnio mata o lobo, o leão caça o unicórnio, e a morte, por sua vez, destrói o leão. Existe uma força mais poderosa do que a morte para forjar essa cadeia de crueldades com uma justiça duradoura? Existe um poder que encaminhará essas coisas odiosas para propósitos bons? Existe um poder que reunirá todos os elementos da vida em sua mão, fundindo-os em seguida e esboçando em si mesmo um sorriso, tal como o oceano colhe de volta para suas profundezas com um som melodioso todos os rios? Existe um poder que faça o assassino e o assassinado, a adúltera e o seu amante, o assaltante e o assaltado enfrentarem um tribunal superior ao tribunal do emir?".

II

No dia seguinte saí dos limites da cidade e fui caminhar nos campos, onde a quietude mostrava ao espírito o que o espírito ocultara, e o ar com sua pureza destruía as sementes da miséria e do desespero nascidos das ruas estreitas e das moradias sombrias.

Quando alcancei a beira do vale, contemplei bandos de águias, abutres e corvos se elevando ao espaço e descendo à terra. Seus guinchos, crocitos e o bater de suas asas enchiam o ar. Avancei em busca da causa de tudo isso. Diante de mim avistei o cadáver de um homem pendendo de uma árvore alta. Em seguida contemplei o corpo nu de uma mulher sobre o solo em meio às pedras do seu apedrejamento. E o corpo de um jovem endurecido com a terra empapada de sangue, sua cabeça decepada do corpo.

Lá fiquei, subjugado pelo horror do espetáculo, cegado por um denso véu de negrume. Olhava, mas nada via salvo o espectro aterrador da morte pairando acima dos cadáveres ensanguentados. Prestava atenção, mas nada ouvia exceto o queixume da aniquilação a se fundir com o gralhar dos corvos que voejavam compondo círculos sobre essas vítimas das leis dos homens e em torno delas.

Três criaturas humanas. Ontem experimentavam o abraço da vida, hoje são colhidas pelo amplexo da morte. Três criaturas que cometeram crimes de acordo com os costumes dos homens. E a lei em sua cegueira estendeu uma mão e as esmagou. Três criaturas que a ignorância transformou em malfeitores porque eram fracas, que a lei destruiu por ser ela forte.

Quando um homem aniquila seu semelhante, as pessoas dizem que é um assassino. Quando é alguém investido de autoridade que aniquila, dizem que é um juiz conscencioso. E quando um homem comete furto no mosteiro chamam-no de ladrão; mas quando o emir furta-lhe a vida, dizem que o emir é um príncipe virtuoso.

Uma mulher é infiel ao seu senhor e dono, com o que o povo afirma que é uma adúltera e prostituta. Mas quando o emir a expulsa nua e ordena que seja apedrejada pela multidão, comentam que se trata de um nobre emir.

O derramamento de sangue é proibido. Quem então o sancionou para o governante? Furtar propriedade é um crime. Mas quem fez do furto de almas uma virtude? A infidelidade das mulheres é uma abominação. Mas quem fez do apedrejamento dos corpos um entretenimento agradável?

Juntaremos um mal com um mal maior e diremos que é a lei? Combateremos a corrupção com mais corrupção e o proclamaremos como moral? Superaremos um crime com um crime maior e o chamaremos de justiça?

O emir nunca abateu um inimigo em sua vida ou subtraiu de alguém mais fraco entre seus seguidores terras e bens? Será que jamais iludiu uma bela mulher? É ele inocente de todo crime a ponto de lhe ser permitido condenar o assassino à morte, ordenar o enforcamento do ladrão e o apedrejamento da meretriz?

Quem são aqueles que içaram esse ladrão numa árvore? São anjos descidos do céu ou homens que violam e estupram tudo que cai em seu poder? Quem decapitou esse homem? Foram profetas descidos do alto ou soldados que matam e derramam sangue onde quer que estejam? Quem foram aqueles que lapidaram a meretriz? Santos e homens piedosos provenientes de suas celas no mosteiro ou homens que perpetram crimes e todo tipo de ações más na calada da noite? E a lei – o que é a lei? Quem a viu descer dos céus acompanhada da luz do sol? Que ser humano contemplou o coração de Deus e conheceu sua vontade na espécie humana? Em que época os anjos andaram entre os homens a dizer: "Neguem ao fraco a luz da existência e destruam os decaídos a fio de espada, e pisoteiem o pecador com botas de ferro?".

Esses pensamentos ainda permaneciam transtornando minha mente e meu coração quando ouvi o som de passos bem próximos. Olhei a minha volta e vi uma moça, que surgira de entre as árvores e que se aproximava dos três cadáveres. À medida que caminhava, olhava furtivamente em todas as direções como se temesse algo. No momento em que seu olhar pousou sobre o jovem degolado, emitiu um grito de terror e caiu de joelhos ao lado dele, abraçando-o com os braços trêmulos. Seus olhos banharam-se de lágrimas; ela acariciou os cabelos ondulados do rapaz com seus dedos, enquanto gemia baixinho, mas num tom profundo que parecia provir do mais fundo do seu ser. Em seguida pôs-se a trabalhar rapidamente, cavando o solo com as próprias mãos até ter uma cova larga. Arrastou o jovem assassinado até a cova e nela o depositou lentamente, colocando a cabeça emaranhada de sangue entre os ombros. Depois de cobri-lo com terra cravou a espada que o decapitara sobre o seu túmulo. Quando se preparava para ir embora, aproximei-me dela. Assustou-se e começou a tremer de medo; fixou o olhar no chão, e lágrimas ardentes passaram a gotejar copiosamente de seus olhos. Então, a suspirar, ela disse: "Vá, então, se quiser, e conte ao emir, pois seria melhor que eu morresse e seguisse aquele que me livrou da desonra do que abandonar seu corpo para ser comido pelos abutres e pelas feras."

"Não tenha medo de mim", respondi, "pois eu me enlutei com o destino deste jovem antes de você. Conte-me como ele a salvou da desonra."

"Um oficial do emir visitou nosso campo para avaliar o imposto e coletar o tributo. Ao ver-me, olhou-me com olhar aprovador, o que me amedrontou; fixou um valor exorbitante de imposto a ser cobrado do campo de meu pai – um imposto tão alto que nem um homem rico poderia pagá-lo. Então me agarrou e me levou à força para o palácio do emir no lugar do ouro. Implorei-lhe em pranto para que se apiedasse de mim, mas ele não deu atenção. Supliquei-lhe alegando a idade de meu pai, mas ele não mostrou nenhuma misericórdia. Gritei por socorro dirigindo-me aos homens do povoado, e este jovem, meu noivo, veio em minha ajuda e salvou-me. O oficial, furioso, estava prestes a abatê-lo, mas o jovem antecipou-se a ele e, empunhando uma velha espada dependurada na parede de sua casa, matou o oficial. Assim agiu em defesa de sua própria vida e de minha honra. E por conta de sua grandeza de alma não fugiu como um assassino; manteve-se ao lado do corpo do morto até que soldados chegassem e o conduzissem acorrentado ao cárcere."

Ao terminar sua narrativa, ela me olhou com uma expressão que sensibilizou meu coração e me encheu de tristeza. Em seguida, subitamente virou-se e correu, distanciando-se de mim. As cadências aflitivas de sua voz continuavam a encrespar e perturbar a atmosfera.

Depois de algum tempo ergui a cabeça e avistei um rapaz que se aproximava, o rosto parcialmente coberto por seu manto. Dirigiu--se ao cadáver da mulher adúltera e, junto a ele, tirou seu manto e com ele cobriu o corpo nu. Logo depois se abaixou e se pôs a cavar o solo com uma adaga; a seguir moveu o corpo gentilmente, depositou-o na cova, cobrindo-o de terra e molhando cada torrão de terra com suas lágrimas. Encerrada sua tarefa, colheu algumas flores que cresciam na-quele lugar e as colocou sobre o túmulo. Quando estava para partir, eu o detive e perguntei: "O que era esta mulher decaída para você a ponto de ousar se opor à vontade do emir e arriscar a vida para proteger o corpo lapidado dela contra as aves de rapina?". Ele me olhou com seus olhos vermelhos por força do pranto e da insônia, olhos que ex-pressavam profunda angústia e tristeza. Numa voz entrecortada pelos soluços, ele disse:

"Eu sou aquele desgraçado por causa de quem esta mulher foi apedrejada. Havíamos nos amado desde a infância, quando brincá-vamos juntos entre as casas. Crescemos, e conosco cresceu também o amor, que se desenvolveu até converter-se num poderoso amo a quem servíamos com nossos corações. Nossas almas no seu íntimo se conservavam reverenciando esse amor, e ele nos envolvia. Um dia, quando eu me encontrava longe da cidade, o pai desta moça a uniu à força a um homem que ela detestava. Retornei e, quando soube disso, meus dias se transformaram numa noite interminável e minha vida se converteu numa morte longa e amarga. Lutei contra meu amor e combati o desejo de meu coração até que eles acabaram por dominar--me e me conduziram como aquele que vê conduz o destituído de visão. Fui secretamente até minha amada um dia. Meu maior desejo era apenas contemplar a luz dos olhos dela e ouvir a música de sua voz. Encontrei-a sozinha, lamentando-se por sua sorte e deplorando seus dias. Ficamos sentados juntos: nosso discurso era o silêncio, e quem nos fazia companhia era a pureza. Mal decorrera uma hora e seu marido entrou no aposento. Quando me viu, foi dominado por sua baixeza; agarrou o delgado pescoço dela com suas mãos rudes e gritou muito alto: 'Venham vocês todos e vejam esta prostituta com seu amante!'. Os vizinhos vieram correndo, e em seguida soldados, que perguntavam o que havia acontecido. O homem a entregou a eles, e eles a levaram embora, seus cabelos soltos e as roupas rasgadas. Quanto a mim, ninguém me causou dano ou me feriu, pois a lei cega e a tradição corrupta punem a mulher decaída, mas são tolerantes com o homem."

Feita essa sua narrativa, o jovem dirigiu-se de volta à cidade, o rosto mais uma vez encoberto pelo manto.

Quanto a mim, permaneci ali, a refletir e pensar, sentindo pena. O corpo do ladrão enforcado balançou um pouco sob o sopro do vento através dos galhos da árvore, como se, mediante seu movimento, pedisse aos espíritos do ar que o abaixassem e o colocassem sobre a terra para fazer companhia ao mártir da coragem e ao amor em sacrifício.

Uma hora transcorreu, quando surgiu uma mulher de aparência doentia vestida de farrapos. Permaneceu diante do cadáver oscilante batendo no peito e chorando. Subiu na árvore e roeu a corda com os próprios dentes até que o corpo caísse, atingindo o solo como uma trouxa de roupas molhadas. Desceu da árvore em seguida e, depois de cavar um túmulo ao lado dos outros dois, nele enterrou aquele corpo. Após cobri-lo de terra, apanhou dois pedaços de madeira, fez com eles uma cruz e a fixou no túmulo. Na iminência de voltar ao lugar de onde viera, detive-a e indaguei: "Como você explicaria o fato de ter enterrado um ladrão?".

Ela me olhou com olhos enegrecidos pelas sombras da dor e da infelicidade e disse: "Ele é meu fiel esposo, bondoso companheiro e pai de meus filhos. Tenho cinco filhos que choram por falta do que comer. O mais velho tem oito anos, o mais novo ainda mama. Meu homem não era um ladrão; era um camponês que cultivava a terra do mosteiro. Mas tudo que recebia dos monges era um filão de pão, que repartíamos ao anoitecer, nada sobrando para a manhã. Desde sua juventude ele regava os campos do mosteiro com o suor de sua fronte, e com a força de seus braços produziu o crescimento dos jardins do mosteiro. Quando, depois de anos de trabalho árduo, enfraqueceu, experimentando o declínio das forças, adoeceu e os monges o demitiram, dizendo que o mosteiro não precisava mais dele. Disseram-lhe para ir embora e enviar seus filhos para o substituírem nos campos logo que atingissem a maioridade. Mergulhado num pranto incessante, implorou a eles que tivessem piedade dele em nome de Jesus e suplicou invocando os anjos e os santos. Mas eles se mostraram insensíveis, sem compaixão ou pena, quer em relação a ele ou nossos filhos, nus e famintos. Meu marido foi à cidade à procura de emprego, mas retornou com as mãos vazias, porque os moradores das mansões só empregavam jovens fortes. Finalmente ele sentou à beira da rua como um pedinte. Porém as pessoas se negaram a lhe dar esmolas, dizendo 'não há caridade para preguiçosos e ociosos', e passaram ao lado dele indiferentes. Numa noite a pobreza nos encurralou a tal ponto que nossas crianças jaziam prostradas pela fome, enquanto o bebê sugava meus seios, mas não havia mais leite. Uma transformação aconteceu com meu marido. Saiu, oculto pela escuridão da noite, e entrou num armazém subterrâneo do mosteiro, onde os monges guardavam o produto das colheitas dos campos e aquele dos vinhedos. Quando estava para retornar a nós trazendo um cesto de farinha, os monges acordaram e o agarraram antes que pudesse sequer dar alguns passos. Golpearam-no e o cobriram de insultos. Ao amanhecer, entregaram-no aos soldados, dizendo: 'Olhem este ladrão que veio saquear o mosteiro, despojando-o de seus vasos de ouro.' Então o conduziram à prisão e depois ao cadafalso para que enchesse os estômagos dos abutres porque tinha tentado encher os estômagos de filhos que morriam de fome com os grãos que seu próprio suor havia juntado quando servia ao mosteiro."

Tendo ela também feito sua narrativa, aquela mulher infeliz seguiu seu caminho e de suas palavras entrecortadas formas sombrias de aflição se ergueram e rodopiaram em espirais como colunas de fumaça ao vento.

Permaneci no meio dos três túmulos, semelhante a um pranteador estupidificado e emudecido pela tristeza, que tinha apenas lágrimas para expressar o que sentia no seu âmago. Procurava pensar e refletir, mas meu espírito se rebelava, pois o espírito é uma flor que oculta suas pétalas da escuridão e não concede sua fragrância às sombras da noite.

Permaneci ali em pé, enquanto de cada partícula da terra que cobria os túmulos se erguia um grito de opressão como uma névoa surgindo do vazio do vale, e produzia ondas em torno de meus ouvidos numa tentativa de inspirar em mim um discurso.

No entanto, eu fiquei ali em silêncio. Entendessem as pessoas a linguagem do silêncio, e então estariam mais próximas dos deuses do que dos animais selvagens da floresta.

Continuei ali e suspirei. E pudessem os ardores dos meus suspiros tocar as árvores daquele campo e elas se poriam em movimento, abandonariam aquele lugar e marchariam em batalhões para, com seus galhos, travar guerra com o emir e seus soldados e, com seus troncos, derrubar as paredes do mosteiro sobre as cabeças daqueles que ali se achavam.

Continuei ali em pé e olhei, e do meu olhar fluíam sobre aqueles túmulos recentes a doçura da piedade e a amargura da tristeza. O túmulo de um jovem que defendeu a inocência de uma moça com sua vida e a salvou das garras de um lobo; decapitaram-no como recompensa de sua coragem. E a moça veio e embainhou sua espada na terra como um sinal e símbolo diante do sol dos costumes dos homens no reino da vergonha e da ignorância. E havia aquele outro túmulo, o de uma moça cujo ser o amor tocara antes que o desejo sexual violasse seu corpo. Lapidaram-na porque o coração dela foi fiel inclusive até a morte. Seu amante depositou sobre seu corpo imóvel uma coroa de flores do campo, que relatavam, à medida que murchavam e pereciam, a sorte daquelas almas santificadas pelo amor em meio a um povo tornado cego pela impureza e emudecido pela ignorância. Acolá o túmulo de um pobre desgraçado cujos braços foram quebrados pelos campos do mosteiro. Foi expulso pelos monges que o substituíram por outros. Ele havia procurado pão para seus filhos por meio do trabalho, mas não encontrara; pediu esse pão como esmola, mas ninguém o deu. Quando, impulsionado pelo desespero, buscou uma retribuição pelo seu suor e sua fadiga, agarraram-no e o destruíram. Veio sua viúva e instalou sobre ele uma cruz para conclamar, na quietude da noite, as estrelas celestiais para prestarem testemunho sobre a tirania dos monges que transformam os ensinamentos do Nazareno em espadas que degolam e que cortam com gume afiado os corpos dos fracos e dos humildes.

Logo o sol se pôs e desvaneceu além do crepúsculo como se estivesse cansado dos esforços humanos e odiando a tirania humana. A noite surgiu, tecendo com os fios da escuridão e da quietude um fino véu a ser estendido sobre o corpo da natureza.

Ergui o olhar rumo às alturas e estendi as mãos para os túmulos com seus sinais e símbolos e bradei: "Esta, portanto, é tua espada, ó Coragem, e está embainhada na terra. E aquelas são tuas flores, ó Amor, murchadas pelo ardor. Aquela é tua cruz, Jesus de Nazaré, e o negrume da noite a cobre."

O leito nupcial[6]

A noiva e o noivo saíram da igreja precedidos por candeias e archotes e seguidos por alegres convidados. Ao redor deles e junto a eles rapazes e donzelas caminhavam, trinando e entoando canções jubilosas.

O cortejo alcançou a casa do noivo, adornada com caros tapetes, vasos cintilantes e cheirando ao aroma agradável de mirto. O noivo e sua noiva acomodaram-se num assento sobre um estrado, enquanto os convidados sentaram-se sobre pequenos tapetes de seda e cadeiras revestidas de veludo. Não demorou até que o amplo aposento ficasse lotado de corpos de homens e de mulheres. Os servos se moviam para cá e para lá servindo vinho e o som do tilintar dos copos entre si elevou-se, a se mesclar ao som produzido pela alegria e diversão generalizadas, convertendo-se num único som. Em seguida os músicos surgiram e ocuparam seus lugares. Tocaram árias que inebriavam os ouvintes graças aos seus refrãos a um tempo belos e melancólicos, e encheram seus corações com melodias entoadas com o sussurro da corda de um alaúde, suspiros masculinos e o pulsar dos tambores percutidos.

Então as donzelas se levantaram e se puseram a dançar. Moviam-se suavemente de um lado para outro conforme o ritmo da música como delgados arbustos oscilam com o movimento da brisa suave.

---

[6] Este caso ocorreu no norte do Líbano na segunda metade do século XIX. Foi relatado ao autor por uma mulher da região que era parente de um dos personagens desta narrativa. (N. T.)

As dobras de seus trajes macios ondulavam e emitiam uma débil luz trêmula como se fossem nuvens brancas roçadas pelo luar. Todos os olhares, como se fossem um único, se voltavam para elas, e as cabeças se curvavam em reverência, e os espíritos dos jovens as envolviam, ao passo que os dos velhos inquietavam-se diante da beleza das donzelas. Todos se entregavam à bebida e afogavam seus desejos no vinho. O movimento avivou-se mais, ouviam-se gritos, e a liberdade se tornou soberana. A sobriedade desapareceu e as mentes ficaram confusas; os espíritos se inflamaram e os corações tornaram-se excitados até que aquela casa, e todos os nela presentes, transformaram-se em algo semelhante a uma harpa de cordas arrebentadas nas mãos de uma filha do *djim*,[7] que a tangia grosseiramente, dela extraindo sons em que se misturavam dissonância e harmonia.

Aqui víamos um jovem revelando o seu amor secreto por uma moça cuja beleza produzira o fascínio e a excitação. Ali víamos outro levado a se dirigir a uma bela mulher, procurando em sua memória doces palavras e frases sutis. Lá adiante se encontrava um homem de meia-idade esvaziando taças sucessivamente, e pedindo com insistência que os músicos tocassem velhas canções que lhe trouxessem de volta sua juventude. Num canto se via sentada uma mulher que lançava olhares ardentes a um homem que observava, interessado, outra mulher. Naquele outro canto estava sentada uma mulher de cabelos brancos, olhando e sorrindo para as donzelas, escolhendo entre estas uma noiva para seu único filho. Junto a uma janela havia uma esposa que transformava a embriaguez do marido numa oportunidade para aproximar-se de seu amante. E assim todos mergulhavam num mar de vinho e de atitudes inconsequentes, cedendo ao doce fluxo de alegria e contentamento, esquecidos do ontem e fugindo do amanhã, com a intenção exclusiva de fazer a colheita dos minutos do presente.

Durante todos esses acontecimentos a graciosa noiva contemplara a cena com olhos tristes, comparáveis aos olhos de um prisio-

---

[7] Nas lendas árabes vinculadas ao islã, ser sobrenatural dotado do poder mágico de transformar-se em animal ou ser humano e capaz de interferir nas relações humanas. (N. T.)

neiro sem esperanças a contemplar as paredes sombrias de sua cela. De repente, olhou para um canto da sala onde se achava sentado sozinho um rapaz de vinte anos, distanciado dos foliões, como um pássaro ferido separado dos membros de seu bando. Seus braços estavam fixos sobre seu peito como se estivessem posicionados entre seu coração e o enlevo deste, ao passo que seus olhos se fixavam em algo invisível naquele aposento. Era como se o seu eu espiritual houvesse se separado de seu ser terrestre a fim de agarrar o ar em busca dos fantasmas da escuridão.

As badaladas da meia-noite se fizeram ouvir e a folia dos convidados do casamento cresceu rapidamente até se converter num tumulto. Seus sentidos imergiram numa confusão por conta dos vapores exalados pelo vinho e eles gaguejavam. Logo o noivo levantou-se. Era um homem de meia-idade e de aparência ordinária. A embriaguez se apossara de seus sentidos, e ele se moveu entre seus convidados sem demonstrar bom humor e polidez.

Naquele exato momento a noiva fez um sinal para uma moça na multidão, para que viesse até ela. A moça veio e sentou-se ao seu lado. A noiva, após lançar um olhar rápido a sua volta como alguém que estivesse ansioso e impaciente para revelar um segredo terrível, inclinou-se para a moça e, com a voz trêmula, murmurou ao seu ouvido as seguintes palavras:

"Eu suplico a você, a mais querida de minhas amigas, pela afeição que nos une desde a infância, por tudo que na vida é caro a você, e por tudo que se encontra oculto em seu coração. Suplico a você em nome do amor que acaricia nossos espíritos e os ilumina, em nome do júbilo que se aninha em seu coração e a agonia que se aninha no meu. Suplico a você que se dirija agora a Selim e lhe peça que desça ao jardim secretamente, e que ali me aguarde sob os salgueiros. Argumente a meu favor com insistência, Susan, até que ele atenda ao meu pedido. Faça-o evocar dias do passado; implore-lhe em nome do amor; diga-lhe que sua amada é uma mulher tola e infeliz, diga-lhe que ela está prestes a morrer e que abrirá seu coração a ele antes de a noite descer sobre todos nós; que ela já se encontra perdida e desesperada e que quer ver a luz dos olhos dele antes de ser consumida pelo fogo do inferno. Diga-lhe que ela pecou e que confessará sua culpa, implorando seu perdão. Vá depressa agora até ele. Fale por mim a ele e ignore os olhares destes porcos, pois o vinho tapou seus ouvidos e cegou seus olhos."

Susan levantou-se, afastou-se da noiva e sentou-se ao lado de Selim, que o isolamento reduzira à tristeza. Murmurou ao seu ouvido as palavras da amiga, buscando sua compaixão. A fisionomia da moça estava iluminada pelo amor e pela sinceridade. Ele inclinou a cabeça, pondo-se a ouvir, mas nada respondeu. Quando ela findou seu discurso, ele a olhou como um homem sedento que contemplasse um copo no alto do céu. A seguir, com uma voz tão baixa que parecia emergir das entranhas da Terra, disse: "Eu a esperarei no jardim entre os salgueiros." Dito isso, levantou-se e saiu para o jardim.

Alguns minutos depois, a noiva também se levantou e o seguiu. Ela optou pelo caminho entre homens muito seduzidos pelo vinho e mulheres cujos corações se predispunham ao namoro com os jovens que ali se encontravam. Ao chegar ao jardim, então sob o manto da noite, ela apressou o passo. Correu como o faria uma gazela amedrontada em busca de proteção de lobos a caçar, até que alcançou os salgueiros, onde o jovem a aguardava. Ela se lançou aos braços dele e enlaçou seu pescoço com seus braços. Fitou-o e falou, as palavras saindo de sua boca ao mesmo tempo que as lágrimas desciam de seus olhos:

"Ouça-me, meu amado, ouça-me. Arrependi-me de minha loucura e de minha precipitação. Arrependi-me, Selim, até meu próprio coração ser esmagado pelo arrependimento. Eu o amo como não amo nenhum outro e o amarei até o fim de meus dias. Disseram-me que você havia me esquecido e abandonado por causa do amor por outra. Envenenaram meu coração com a maledicência de suas línguas, rasgaram meu peito com suas garras e encheram minha alma com suas mentiras. Najibé disse que você me esquecera, que você me odiava e era o escravo da paixão que nutria por ela. Aquela mulher má me perseguiu e manipulou meus sentimentos para que eu pudesse satisfazer-me com seu parente como marido. Foi o que aconteceu. Mas para mim só pode existir um noivo, Selim: você. E agora a venda caiu de meus olhos e vim para você. Abandonei aquela casa e não retornarei a ela. Vim para tomá-lo em meus braços, pois não há poder neste mundo que me mande de volta aos braços de um homem com quem me casei por desespero. Deixei o noivo que me foi escolhido como marido pela falsidade e o engano e o pai transformado em guardião pelo destino. Deixei atrás de mim as flores entrançadas pelo sacerdote como uma coroa para a noiva e as leis que a tradição criou como correntes. Tudo deixei numa casa repleta de embriaguez e vício e vim para acompanhar você a uma terra distante; aos extremos da Terra; aos esconderijos do *djim*, sim, às garras da própria morte. Venha, Selim, saiamos depressa deste lugar ocultos pela noite. Desçamos à costa e embarquemos num navio que nos levará a uma terra longínqua e desconhecida. Venha, vamos! Que a aurora nos encontre a salvo das mãos do inimigo. Olhe, está vendo estes adornos de ouro, estes anéis preciosos, colares e joias? Eles nos garantirão o futuro e graças a eles viveremos como príncipes... Por que você permanece mudo, Selim? Por que desvia o olhar de mim? Por que não me beija? Você não ouve o grito de meu coração e não percebe a condição penosa de meu espírito? Será que não se deu conta ainda de que abandonei meu marido, meu pai e minha mãe e vim até aqui trajada com meu vestido de noiva para fugir com você? Fale, Selim, ou nos apressemos, pois estes minutos são mais preciosos do que diamantes e seu valor é superior às coroas dos reis."

Assim se expressou a noiva e em sua voz havia uma música mais doce do que o murmúrio da vida e mais amarga do que o bramido da morte; mais leve do que o adejar de asas e mais profunda do que o suspiro das ondas. Uma melodia cuja cadência pairava entre a esperança e o desespero, o prazer e a dor, a alegria e a tristeza. Nela estavam encerrados todos os desejos e anelos do coração de uma mulher.

O jovem permanecia calado a ouvir, enquanto dentro dele o amor e a honra disputavam o domínio. O amor que faz da selva uma planície e que converte a escuridão em luz. A honra que se coloca diante do espírito, a dissuadi-lo do seu ímpeto e de seu desejo. O amor que Deus revela ao coração e a honra com que as tradições do homem inundam a mente.

Depois de um longo tempo, silencioso e aterrador como as idades de obscuridade e trevas nas quais as nações titubeiam entre sua origem e seu declínio, o jovem ergueu sua cabeça. A honra fizera seu espírito triunfar sobre seus desejos. Ele desviou o olhar da moça amedrontada que o observava e disse num tom calmo: "Volte, mulher, ao seu marido, pois tudo acabou e as imagens dos sonhos foram apagadas pelo despertar. Retorne depressa à festa antes que olhos intrometidos a vejam e as pessoas comentem que você traiu seu marido na noite de seu casamento tal como traiu seu amante do passado."

Ao ouvir essas palavras a noiva tremeu e foi sacudida como uma flor murcha açoitada pelo vento. Em agonia, gritou: "Não retornarei a esta casa ainda que esteja no meu último alento antes de morrer. Abandonei-a para sempre; abandonei-a e tudo que nela se encontra como um prisioneiro abandona a terra em que esteve exilado. Você não me expulsará de você, nem dirá que sou infiel porque a mão do amor que uniu nossas almas é mais poderosa do que a mão do sacerdote que entregou meu corpo à vontade do noivo. Contemple meus braços ao redor de seu pescoço: nenhuma força os tirará daí. Meu espírito reuniu-se ao seu espírito, e a morte não os separará."

O jovem tentou livrar-se dos braços dela. O rosto dele exibia aversão e desprezo, e ele disse: "Largue-me, mulher, pois eu já a esqueci, pois amo outra. Tudo que as pessoas disseram foi a verdade. Está ouvindo o que digo? Eu a bani de meu pensamento e de minha existência. Meu ódio por você a expulsa de minha própria visão. Vá embora e deixe-me trilhar meu caminho. Volte ao seu marido e seja fiel a ele."

Tomada pela aflição, ela disse: "Não, não, não acredito nisso, pois você me ama. Pude ler o significado do amor em seus olhos e senti o seu toque ao acariciar seu corpo. Você me ama, sim, exatamente como eu o amo. Só sairei deste lugar em sua companhia. E enquanto houver forças em mim tampouco entrarei nessa casa. Onde quer que você vá, eu o acompanharei. Eu o seguirei até o fim do mundo. Antecipe-se, então, a mim e erga a mão para derramar meu sangue."

O jovem mais uma vez elevou a voz dizendo: "Deixe-me, mulher, antes que, elevando minha voz ao máximo, eu faça os convidados desta festa vir a nós e se colocarem ao redor de nós aqui no jardim. Deixe-me para que eu não mostre a eles a sua vergonha e não faça de você um gosto amargo em suas bocas e um objeto repugnante em suas línguas; para que eu não traga aqui Najibé, minha amada, para que cubra você de ridículo, regozijando-se com a vitória dela e escarnecendo de sua derrota."

Ao pronunciar essas palavras ele agarrou os braços dela para afastá-la de si. A expressão no semblante dela se alterou, um brilho assomou em seus olhos; sua atitude que conjugava súplica e sofrimento foi substituída por uma que combinava ódio e crueldade. Converteu-se em alguém semelhante a uma leoa privada de seus filhotes, semelhante a um mar cujas profundezas haviam sido perturbadas e enfurecidas pela tormenta. Ela bradou: "Quem extrairá prazer de seu amor depois de mim? Qual coração beberá da taça de beijos de sua vida exceto o meu coração?".

Após pronunciar essas palavras, ela tirou de sob suas roupas uma adaga e com a rapidez de um relâmpago enterrou-a no coração dele. Ele cambaleou e em seguida tombou ao solo como um galho derrubado pela tempestade. Ela se ajoelhou e se inclinou sobre ele, enquanto a lâmina em sua mão ainda gotejava sangue. Ele abriu os olhos, sobre os quais a morte desenhava uma sombra; seus lábios tremiam e, respirando com dificuldade, ele pronunciou estas palavras: "Fique bem junto de mim, minha amada, fique bem junto de mim, ó Laila, e não me deixe. A morte é mais poderosa do que a vida, porém o amor é mais poderoso do que a morte. Ouça atentamente o riso e a folia dos convidados na festa de seu casamento. Ouça, meu amor, o som do tinir dos copos. Você me libertou, Laila, da aspereza daquela desarmonia e da amargura daquela bebedeira. Deixe-me beijar a mão que rompeu meus grilhões. Beije meus lábios, os lábios que proferiram mentiras e ocultaram os segredos de meu coração. Cerre estas pálpebras, que se paralisam, com seus dedos nos quais se encontra o meu sangue. Após meu espírito alçar voo para o espaço, ponha a adaga em minha mão direita e lhes diga que eu me matei movido pela inveja e pelo desespero. Amei a você, Laila, acima de todas as outras, mas vi no sacrifício de meu coração, de minha felicidade e de minha vida algo mais digno do que fugir com você na noite de seu casamento. Beije-me, amada de meu espírito, antes que as pessoas contemplem meu cadáver. Beije-me, ó Laila." E o rapaz ferido pôs a mão sobre o coração perfurado, sua cabeça tombou para um lado e seu espírito partiu.

A noiva ergueu sua cabeça e olhou na direção da casa, gritando com uma voz terrível: "Venham, gente, e contemplem aqui o casamento e o noivo. Venham para que possamos mostrar a vocês o leito nupcial. Acordem todos vocês que dormem. Levantem todos vocês, bêbados, e se apressem, pois revelaremos os segredos do amor, da morte e da vida."

O grito da noiva alcançou todos os cantos daquela casa e suas palavras chegaram aos ouvidos dos convidados foliões, transmitindo tremor às suas almas. Por alguns segundos, permaneceram ouvindo como se a clareza houvesse penetrado o estado de intoxicação em que se encontravam. Em seguida se puseram a correr para fora, aos tropeções, olhando à direita e à esquerda até toparem com o corpo sem vida e a noiva ajoelhada ao seu lado. Recuaram aterrorizados e nenhum deles ousou indagar o que acontecera, pois era como se a visão do sangue que fluía do peito do homem morto e o brilho da lâmina na mão da noiva tivessem travado suas línguas e congelado a vida em seus corpos.

A noiva se voltou e os olhou, o rosto triste, a inspirar assombro. Gritou-lhes:

"Aproximem-se, seus covardes. Não temam o espectro da morte, pois a morte é grandiosa e nada tem da pequenez de vocês. Aproximem-se e não tremam por causa desta adaga, pois é um instrumento sagrado que não tocará seus corpos impuros e seus corações sombrios. Fitem por algum tempo este jovem elegante adornado com os adornos do casamento. Ele é meu amado e eu o matei porque ele é meu amado. Ele é meu noivo, e eu, sua noiva. Procuramos um leito apropriado aos nossos abraços, mas não o encontramos neste mundo que vocês construíram, limitado por causa de suas tradições, sombrio por causa de sua ignorância e corrupto por causa de sua sensualidade. Foi melhor irmos para outra terra além das nuvens. Aproximem-se, vocês que têm medo, e olhem. Talvez vejam a face de Deus refletida em nossos rostos e ouçam sua doce voz erguendo-se de nossos corações. ... Onde está aquela mulher má e invejosa que me caluniou para o meu amado, afirmando estar ele apaixonado por ela, ter-me abandonado, prendendo-se ao amor dela para que pudesse esquecer-me? Quando o sacerdote ergueu a mão acima de minha cabeça e da cabeça do parente dela, aquela criatura perversa considerou-se vitoriosa. Onde está Najibé, a traidora, a víbora do inferno? Chamem-na, tragam-na aqui para ver como ela reuniu todos vocês para se divertirem no casamento de meu amado e não do homem que ela escolheu para mim. Vocês nada compreendem de minhas palavras, uma vez que as profundezas são incapazes de escutar a canção das estrelas, mas vocês narrarão aos seus filhos a história da mulher que matou seu amante na noite do casamento dela. Vocês lembrarão de mim e me amaldiçoarão com lábios infames. Mas os filhos de seus filhos me abençoarão, pois a verdade e o espírito subsistirão no futuro. E você, homem tolo, que empregou ardis, riquezas e traição para fazer de mim esposa, é um símbolo de um povo desesperado que busca a luz nas trevas, que espera que a água brote de uma rocha e que busca uma rosa num solo pedregoso. Você é um símbolo desta terra entregue a sua própria loucura, como um cego guiado por outro cego. Você é um símbolo da falsa masculinidade que, para alcançar os adornos de um pulso e de um pescoço, os corta. Eu o perdoo na sua pequenez, pois o espírito que se regozija na sua partida do mundo perdoa os pecados do mundo."

A noiva, naquele instante, levantou a adaga rumo ao céu e, com o olhar de alguém sedento a trazer o copo aos lábios, mergulhou a lâmina em seu peito, caindo ao lado de seu amante tal como um lírio cujo topo é ceifado pela foice. As mulheres lançaram um grito que misturava medo e dor e desmaiaram, tombando umas sobre outras. De todos os lados ouviam-se também os berros dos homens, confusos, que se juntavam em torno das duas vítimas, tomados de temor e assombro.

A noiva agonizante ainda os olhou, o sangue jorrando de seu peito, e disse: "Vocês não se aproximarão de nós, desavergonhados, nem nos separarão antes que o espírito que paira acima de suas cabeças agarre-os pela garganta e dê a vocês um fim. Que esta terra faminta consuma nossos corpos nos abocanhando de uma só vez. Que ela nos esconda e proteja dentro de seu coração exatamente como sementes são protegidas das neves do inverno a favor da vinda da primavera."

A noiva achegou-se do corpo do amante, pressionando-o com seu próprio corpo; tocou os lábios frios dele com os seus, e do seu derradeiro alento brotaram estas palavras entrecortadas:

"Olhe, meu amado, olhe, noivo de minha alma, veja como os invejosos se postam em torno de nosso leito. Veja seus olhos pousados em nós e escute o ranger de seus dentes e o estalido de seus ossos. Você esperou por mim muito tempo, Selim. Contemple-me aqui. Rompi os laços que me prendiam e libertei-me das cadeias. Não demoremos, mas sim nos apressemos na direção do sol, porque nossa estada nas sombras foi longa. Tudo se tornou obscurecido e encoberto e jamais considerarei qualquer coisa exceto você, meu amado. Contemple meus lábios, estou próxima do último alento. Venha, Selim, vamos, pois o amor ergueu suas asas e alça voo diante de nós rumo ao círculo de luz."

A noiva tombou em seguida sobre o peito de seu amante, seu sangue misturando-se ao dele, sua cabeça pousada sobre o pescoço do seu amado, seu olhar conservando-se fixo nos olhos dele.

Por algum tempo as pessoas permaneceram silenciosas. Tinham seus rostos pálidos e faltava firmeza aos seus joelhos, como se a majestade da morte houvesse deles subtraído a força e o movimento.

O sacerdote chegou momentos depois, o mesmo que celebrara o casamento. Acenou com a mão direita apontando o casal morto e, fitando as pessoas amedrontadas, dirigiu-se a elas em tom áspero:

"Amaldiçoadas sejam as mãos que se estenderem àqueles dois corpos manchados pelo sangue da vergonha e da culpa. Amaldiçoados os olhos que verterem lágrimas de tristeza por esses dois danados cujas almas o diabo carrega para o inferno. Que os corpos deste filho de Sodoma e desta filha de Gomorra permaneçam aqui abandonados, neste solo poluído por seu sangue, até que os cães repartam entre si sua carne e os ventos dispersem seus ossos. Voltem agora às suas moradas e fujam do odor nauseabundo de corações gerados pelo pecado e aniquilados pela corrupção. Sigam seus caminhos todos vocês que demoram ao lado destes cadáveres fedorentos. Apressem-se antes que as línguas do fogo do inferno comecem a lamber vocês. Aquele que aqui permanecer será repudiado e banido e não ingressará na igreja onde os fiéis ajoelham-se, como também não participará das preces e oferendas dos cristãos."

Desta vez foi Susan, a moça que servira de mensageira entre a noiva e seu amante, que se aproximou. Pôs-se diante do sacerdote, olhou-o com olhos marejados de lágrimas e falou corajosamente:

"Eu ficarei aqui, pagão cego, e velarei por eles até o romper da aurora, quando então cavarei um túmulo sob esses salgueiros. Se você me negar isso e a ferramenta para fazê-lo, usarei meus dedos para cavar a terra. Se você atar minhas mãos, cavarei com meus dentes. Afastem-se deste lugar que está repleto de fumo do olíbano,[8] pois porcos se

---

[8] Resina extraída de diversas árvores do gênero *Boswellia* usada como incenso; seu cheiro é aromático. (N. T.)

distanciam da fragrância dos perfumes finos e ladrões temem o dono da casa e receiam a vinda do amanhecer. Retornem logo aos seus leitos de sombras, pois as melodias celestiais que pairam no ar acima dos mártires do amor não podem penetrar ouvidos tapados com terra."

E as pessoas se dispersaram e afastaram-se do sacerdote, este de rosto carrancudo. Aquela moça, todavia, ali se manteve, junto aos corpos imóveis, como se fosse uma mãe zelando por seus filhos na quietude da noite. Quando ausentes as pessoas e o lugar deserto, ela se entregou ao pranto e à lamentação.

Khalil, o Herege

I

Para os habitantes daquele povoado escondido no norte do Líbano o xeique Abbas era como um príncipe entre seus súditos. E sua casa, que se alteava em meio a suas moradas humildes, assemelhava-se a um gigante acima de anões. Seu modo de vida estava tão distante do deles quanto a suficiência da privação, e seus hábitos diferiam dos deles tanto quanto a força difere da fraqueza.

Pronunciasse o xeique Abbas uma palavra entre aqueles camponeses, e eles curvavam suas cabeças assentindo como se uma inteligência superior houvesse feito dele seu agente e seu porta-voz. Se ele se enfurecia, eles tremiam de terror e se dispersavam como folhas do outono no vento. Uma bofetada dele na face de algum deles decretava a mudez de alguém como se o golpe procedesse do céu. Constituía um sacrilégio atrever-se a erguer o olhar para ver aquele que a concedera. Um sorriso do xeique levava a multidão a considerar o favorecido pelo sorriso realmente um indivíduo afortunado, por merecer assim o contentamento do soberano.

A submissão desses infelizes ao xeique Abbas e o seu medo da crueldade dele não tinham como única causa a força do xeique e a fraqueza daqueles submetidos a ele. Provinha igualmente da pobreza deles e de sua dependência do xeique. Os campos que cultivavam e as cabanas em que moravam pertenciam a ele; eram uma herança de seu pai e de seu avô tal como a herança do povo de seus ancestrais era a pobreza e a infelicidade. Aravam a terra, semeavam e colhiam sob a vigilância constante dele, mas o pagamento por seu trabalho árduo não passava de uma parte da produção, tão ínfima que mal os livrava das pontadas produzidas pela fome. Para a maioria deles havia necessidade de pão antes do término do longo inverno, de modo que um a um se dirigia ao xeique, apresentava-se a ele e suplicava, em pranto, por um empréstimo de um dinar ou de uma medida de trigo. Xeique Abbas atendia às suas necessidades cheio de contentamento porque sabia que para cada dinar receberia como retribuição dois dinares e para cada medida de trigo duas medidas quando chegasse a época da debulha. E assim viviam aquelas pessoas infelizes, sob o fardo das dívidas com o xeique Abbas e algemadas pela dependência em que viviam em relação a ele, a temerem sua ira e buscarem seu prazer.

II

O inverno chegara com sua neve e suas tempestades, e os campos e vales estavam vazios exceto pelos corvos a crocitar e as árvores desnudas. Após encherem os recipientes do xeique Abbas com o produto do campo e seus vasos do produto dos vinhedos, os aldeões retornavam às suas moradas. Não havia trabalho para eles e, assim, passavam o tempo junto à lareira narrando contos de eras passadas e relatando com detalhes entre si histórias dos dias e das noites.

O mês de dezembro findou. O ano velho suspirou e respirou seus derradeiros minutos nos céus cinzentos. Então surgiu a noite em que o ano novo era uma criança coroada pelo destino e instalada no trono da existência.

A luz débil declinou e a escuridão desceu sobre os vales e as correntes de água. A neve começou a cair pesadamente e o vento assobiava e se precipitava dos cumes das montanhas para o abismo, transportando consigo a neve que seria acumulada no vale. As árvores tremiam aterrorizadas e a terra era sacudida. O vento juntou a neve caída durante o dia com a neve caída durante a noite até que os campos, outeiros e desfiladeiros ficaram semelhantes a uma página em branco na qual a morte escrevia linhas obscuras para depois apagá-las.

A névoa separava os povoados espalhados na beira do vale, e as luzes fracas que bruxuleavam nas janelas das casas e dos casebres pobres se apagaram. O terror se apoderou dos camponeses, os animais se agachavam junto a sua forragem e os cães se escondiam nos cantos. Nada restou exceto o vento, o qual falava e bramia rumo ao interior de grutas e cavernas. Ora seu urro terrível emergia das profundezas do vale, ora descia velozmente dos topos das montanhas. Era como se a natureza expandisse sua ira na morte do ano velho e estivesse se vingando na vida confinada naqueles casebres e a combatesse com o frio e a desolação.

Naquela noite terrível sob o manto de um céu ameaçador, um jovem de vinte e dois anos trilhava seu caminho ao longo da estrada que ascendia gradualmente do mosteiro de Kizhaya[9] até o povoado do xeique Abbas. O frio ressecara os seus ossos, enquanto a fome e o medo haviam sugado sua energia. A neve cobria seu manto negro como se quisesse fabricar para ele uma mortalha antes de matá-lo. Ele dava um passo avante, mas o vento o empurrava de volta como se objetasse vê-lo nas casas dos vivos. A senda acidentada prendeu seus pés e ele caiu. Chamou por socorro, depois do que foi reduzido ao silêncio pelo frio. Levantou-se e permaneceu imóvel, mudo e tremendo. Era como se, situado em meio aos elementos em batalha, ele encarnasse a tênue esperança postada entre o desespero violento e a dor profunda. Ou se assemelhasse a uma ave de asas partidas que, tendo caído no rio, fosse levada pela corrente para o mar profundo.

O jovem retomou seu caminho com a morte nos seus calcanhares até que, enfim, sua força e sua vontade lhe faltaram; o sangue congelou em suas veias e ele tombou sobre a neve. Recorrendo ao que restava de vida em seu corpo, ele bradou numa voz terrível, a voz de alguém tomado pelo medo que contempla o espectro da morte face a face; a voz de alguém que luta em desespero e que a escuridão está destruindo, que a tempestade agarra a ponto de poder arremessá-lo ao abismo; a voz do amor à vida no vazio amorfo.

---

[9] Este é o mais rico e famoso dos mosteiros do Líbano. A renda proveniente de seus produtos é computada em milhares de dinares, e ele abriga grande número de monges conhecidos nos dois povoados. (N. A.)

III

Ao norte desse povoado havia uma pequena cabana isolada entre os campos. Nela vivia uma mulher chamada Rahel, e sua filha Maryam, uma garota de menos de dezoito anos. Essa mulher era a viúva de Sam'an Al-Rami, que fora assassinado e encontrado numa região erma cinco anos antes. Ninguém sabia quem era seu assassino.

Rahel, como todas as viúvas pobres de sua condição, vivia de seu trabalho e esforço árduo, constantemente temerosa da morte e da ruína. Durante a época da colheita, dirigia-se ao campo e apanhava as espigas de trigo depois dos ceifadores. No outono, colhia restos rejeitados de frutas nos pomares e no inverno se ocupava da fiação da lã e da costura de roupas em troca de algumas moedas ou uma medida de milho. Tudo que fazia era com cuidado, paciência e habilidade. Sua filha Maryam era uma garota graciosa, quieta e plácida, que dividia com a mãe a labuta e os afazeres domésticos.

Naquela noite violenta já descrita por nós, Rahel e sua filha estavam sentadas junto a um fogo cujo calor se perdera no frio e cujos tições tinham sido reduzidos a cinzas. Acima de suas cabeças pendia uma candeia, a transmitir seus pálidos raios amarelos à escuridão, como uma prece que transmite consolo aos corações dos destituídos.

Meia-noite, e as duas mulheres ainda se mantinham sentadas, a escutar o uivo do vento lá fora. De vez em quando a moça levantava, abria a pequena janela e fitava as sombras, para logo depois retornar ao seu banco, sacudida e amedrontada diante da fúria dos elementos.

Mas daquela vez a moça de repente agitou-se, como se despertada de um sono profundo. Olhou, com receio, para sua mãe e disse num tom ligeiro: "Você ouviu aquilo, mãe? Ouviu uma voz alta?".

A mãe ergueu a cabeça e apurou o ouvido. "Não", respondeu, "tudo que ouço é o uivo do vento."

"Ouvi alguma coisa," a moça retorquiu. "Ouvi uma voz mais profunda do que o ruído do vento e mais amarga do que o brado da tempestade."

Enquanto pronunciava essas palavras, levantou-se e abriu a janela. Escutou por um minuto e em seguida disse: "Mãe, ouvi novamente o grito."

Sua mãe apressou-se na direção da janela.

"Também ouvi alguma coisa. Venha, vamos abrir a porta e olhar. Feche a janela antes que o vento apague a candeia."

Enquanto falava, envolveu-se com um longo manto. Abriu a porta e saiu a passos firmes. Maryam permaneceu na porta, o vento agitando seus cabelos.

Rahel andou alguns passos, cavando a neve com seus pés à medida que caminhava. Parou e gritou: "Quem está aí? Quem grita por socorro?". Mas não obteve resposta alguma. Gritou mais duas vezes. Nada ouvindo senão o som agudo da tempestade, ela avançou corajosamente, observando com cuidado em todas as direções e protegendo o rosto das rajadas do vento desapiedado. Não percorreu uma grande distância para distinguir pegadas na neve, agora quase eliminadas pelo vento. Seguiu-as rapidamente, vigilante e temerosa, até se deparar com um corpo estendido no solo, que parecia um remendo preto num felpudo traje branco. Ajoelhou-se, removeu a neve do corpo e depositou a cabeça em seu colo. Pôs a mão no peito do jovem e, ao sentir as tímidas batidas de seu coração, ela gritou na direção da cabana: "Venha me ajudar, Maryam, pois o encontrei."

Maryam saiu da cabana. Seguiu as pegadas da mãe, tremendo de medo e tiritando de frio. Quando alcançou o local e avistou o jovem prostrado na neve, imóvel, emitiu um gemido e um grito angustiado ante o que contemplava. A mãe colocou as mãos sob as axilas dele e disse à filha: "Nada tema, ele está vivo. Segure nas extremidades de suas roupas e vamos levá-lo para casa."

As duas mulheres se puseram a carregá-lo, enquanto o vento, na sua violência, as empurrava e golpeava e a neve dificultava o movimento prendendo seus pés. Finalmente alcançaram a cabana, entraram e o depositaram no chão junto ao fogo. A mãe começou a esfregar seus membros congelados e a filha se pôs a secar seus cabelos molhados e as mãos frias com sua saia. Só após muitos minutos a vida retornou ao seu corpo. Ele se agitou um pouco, um tremor perpassou suas pálpebras e ele suspirou profundamente, o que trouxe esperança aos corações daquelas duas mulheres compassivas. Ao soltar as tiras de couro dos calçados rotos dele e despi-lo de seu manto molhado, Maryam exclamou: "Olhe, mãe, olhe para as roupas dele.

Parece o hábito de um monge." Rahel, que havia avivado o fogo com gravetos secos, fixou o olhar na filha, dizendo em pasmo: "Os monges não saem do mosteiro numa noite como esta. O que, então, levou este pobre jovem a arriscar a vida?".

"Mas ele não tem barba, mãe, e os monges deixam crescer longas barbas", observou a moça admirada. Sua mãe olhou para ele, e havia nos olhos dela uma compaixão materna. Ela suspirou e disse: "Filha, seque bem os pés dele, não importa se é um monge ou um criminoso."

Rahel a seguir abriu um armário de madeira, tirando dele um pequeno jarro de vinho; verteu certa quantidade do vinho num copo.

"Levante a cabeça dele, Maryam, para que ele possa engolir o vinho e ter suas forças restauradas, e o calor volte ao seu corpo."

Rahel encostou a borda do copo nos lábios do rapaz, permitindo que ele sorvesse algumas gotas do líquido. Ele abriu seus grandes olhos e pela primeira vez olhou para suas salvadoras, um olhar terno e triste, um olhar que nascia com lágrimas de reconhecimento; o olhar de alguém que experimenta a carícia da vida depois do amplexo da morte. O olhar de esperança que sucedia ao desespero. Em seguida virou a cabeça e do entremeio de lábios trêmulos algumas palavras brotaram: "Que Deus abençoe ambas."

Rahel colocou a mão sobre o ombro dele e disse: "Não se canse falando, meu irmão, mas fique calado até que recupere suas forças." E Maryam disse: "Deite nesta almofada e aproxime-se do fogo."

O jovem inclinou-se sobre a almofada com um suspiro e Rahel voltou a encher o copo de vinho, dizendo à filha: "Ponha o manto dele perto do fogo para que seque." Maryam fez conforme lhe fora instruído, depois do que se sentou e olhou o moço com ternura e compaixão, como se fosse através de seu mero olhar instilar calor e resistência no seu corpo abatido.

Rahel colocou diante dele dois pães e uma tigela de mel acompanhada de uma travessa com frutas secas. Sentou-se ao lado dele e se pôs a alimentá-lo com sua mão, bocado por bocado, tal como uma mãe alimenta um filho, até que ele ficou satisfeito. O rapaz sentiu-se mais forte e assim sentou-se sobre um pequeno tapete; o brilho rubro proveniente do fogo iluminou sua fisionomia pálida e torcida, transmitindo um brilho aos seus olhos tristes. Então ele meneou sua cabeça e disse: "A misericórdia e a crueldade permanentemente travam guerra nos corações dos seres humanos, uma batalha semelhante à batalha dos elementos nesta noite sombria. Porém a misericórdia vencerá a crueldade, pois a misericórdia é uma coisa divina, ao passo que o terror desta noite cessará com a vinda da manhã." Mergulhou então por alguns momentos no silêncio, para depois prosseguir num tom baixo que era mal audível: "Foram mãos humanas que me impulsionaram para a degradação e também mãos humanas que me salvaram. Quão poderosa é a crueldade do ser humano e, todavia, quão abundante a sua compaixão!". Rahel disse, por sua vez, numa voz em que estavam presentes a ternura e a serenidade de uma mãe: "Como então, meu irmão, você ousou deixar o mosteiro numa noite em que até os lobos temem, escondendo-se nas cavernas? Numa noite em que as águias, assombradas, se ocultam entre os rochedos?".

O jovem fechou seus olhos, como se por meio das pálpebras fosse conseguir devolver suas lágrimas ao âmago de seu coração. Então respondeu: "As raposas têm suas tocas, as aves do céu têm seus ninhos, mas o filho do homem não tem onde repousar sua cabeça." Rahel disse: "Assim falou Jesus de Nazaré de si mesmo quando um dos escribas perguntou se podia segui-lo aonde ele fosse." E o jovem acrescentou: "E assim falam todos os que acatariam o espírito e a verdade nesta época de mentira, corrupção e velhacaria."

Rahel ficou em silêncio, refletindo no significado de suas palavras, e em seguida disse, com hesitação: "Mas no mosteiro existem muitos aposentos amplos, cofres contendo ouro e prata, adegas repletas de trigo e vinho, além de cercados que alojam gordos novilhos e ovelhas. Como entender que você deixou tudo isso para mergulhar na noite?".

"Deixei tudo isso porque fui expulso do mosteiro", ele respondeu, suspirando.

Rahel disse: "Um monge num mosteiro é como um soldado no campo de batalha. Seu comandante o censura e ele o suporta em silêncio; recebe uma ordem do comandante e a obedece imediatamente. Ouvi dizer que um homem só pode se tornar um monge se banir de si mesmo toda a sua determinação, todo o desejo e o pensamento e tudo que tiver a ver com seu eu. Mas um bom amo não exige de seus servos coisas além do alcance deles. Como explicar que o chefe de Deir Kizhaya exigiu de você que entregasse sua vida à tempestade e à neve?". E o jovem respondeu: "Aos olhos do superior, um homem só pode se tornar um monge se for como um instrumento cego, mudo e destituído de força e sentimento. Deixei o mosteiro porque não era um ser cego e mudo, mas capaz de ver e de ouvir."

Rahel e Maryam o olharam como se houvessem acabado de perceber na expressão de seu rosto um segredo que ele ocultara. Decorridos alguns instantes, a mãe manifestou-se num tom de admiração, perguntando: "E um homem que ouve e vê se lança numa noite que cega os olhos e ensurdece os ouvidos?".

Soltando um suspiro, o jovem, pendendo a cabeça sobre o peito, disse num tom profundo: "Fui expulso do mosteiro."

"Expulso!", Rahel exclamou abismada. Maryam repetiu a mesma palavra suavemente.

O jovem ergueu a cabeça, já se arrependendo de haver contado a verdade às duas mulheres. Temia, de fato, que a compaixão delas por ele se transformasse em desprezo e escárnio. Entretanto, ao olhar para elas, tudo que captou em seus olhos foram ternura e a tentativa de compreender. Falou então, dizendo com uma voz estrangulada: "Sim, eu fui expulso do mosteiro, porque não podia cavar meu túmulo com minhas mãos; porque a existência repleta de mentira e de engano em que vivia tornou enfermo o coração dentro de mim; porque meu espírito recusou-se a viver confortavelmente graças aos pobres e aos infelizes. E minha alma repudiou alegrias compradas com os bens pessoais de um povo mergulhado na ignorância. Fui expulso porque meu corpo não encontrava mais descanso nos aposentos espaçosos construídos por aqueles que moravam em cabanas; porque meu estômago não aceitava mais o pão amassado com as lágrimas da viúva e do órfão; porque minha língua cessou de pronunciar preces, preces que o superior do mosteiro comercializava com o dinheiro dos simples e fiéis. Fui expulso como um leproso porque declamava diante dos monges e sacerdotes aquelas passagens da Bíblia que os tinham instituído como monges e sacerdotes."

Novamente ele ficou em silêncio, enquanto Rahel e Maryam o fitavam perplexas com suas palavras. Olharam fixamente para o belo rosto triste dele e se entreolharam como se indagassem em silêncio que força estranha o conduzira a elas. A mãe experimentava um desejo intenso de obter informações. Seu olhar o atingiu amavelmente e ela perguntou: "Onde estão seu pai e sua mãe? Estão vivos?". "Não", o jovem respondeu com voz entrecortada, "não tenho nem pai, nem mãe, nem um lar."

Rahel suspirou profundamente e Maryam virou o rosto para a parede a fim de esconder as lágrimas ardentes que a compaixão arrancava de seus olhos. Ele olhava as duas mulheres como o conquistado olha para seu libertador e seu espírito era revigorado pela bondade delas como uma flor entre as rochas é revigorada pelo orvalho da manhã.

Ergueu a cabeça e continuou: "Meu pai e minha mãe morreram antes que eu completasse sete anos, e então o sacerdote do povoado onde nasci levou-me para o Deir Kizhaya. Agradei os monges, de modo que fizeram de mim um vaqueiro. Quando completei quinze anos vestiram-me com essas feias roupas negras e, colocando-me ante o altar, me disseram: 'Jure diante de Deus e de seus santos que está fazendo agora o voto de pobreza, obediência e abstinência.' Repeti essas palavras mesmo antes de compreender o fardo a que correspondiam ou saber o significado da pobreza, da obediência e da abstinência, antes que pudesse perceber o caminho estreito no qual me punham. Meu nome é Khalil, mas a partir daquele dia os monges passaram a me chamar de Irmão Mubarak, embora jamais tenham me tratado como um irmão. Enquanto desfrutavam de alimento suculento, inclusive carnes, a mim davam de comer pão seco e vagens. Bebiam bons vinhos, ao passo que eu era obrigado a beber água misturada com lágrimas. Repousavam em camas macias, mas eu tinha que dormir sobre um banco de pedra num quarto escuro e frio na companhia dos porcos. 'Quando eu for um monge...', dizia para mim mesmo, '...também participarei do regozijo deles e terei direito aos seus prazeres. Meu estômago não será mais atormentado pela escassez à vista da abundância dos vinhos, nem meu coração magoado pelo cheiro agradável do alimento; tampouco tremerá meu espírito ao ouvir a voz do superior do mosteiro.' Mas minhas esperanças e meus sonhos foram vãos, pois permaneci um vaqueiro e não deixei de carregar pedras pesadas nas costas e nem de cavar a terra com minhas mãos e meus braços. Assim fazia em troca de um pedaço de pão e de um teto, pois desconhecia que existiam outros lugares além do mosteiro no qual vivia. Os monges haviam me ensinado a não ter nenhuma outra crença salvo aquela no seu gênero de vida. Através da submissão e do desespero eles envenenaram minha alma até eu considerar o mundo um oceano de dor e infelicidade e o mosteiro um porto seguro."

Khalil sentou-se, sua aparência abatida acentuou-se e ele olhou como se visse alguma coisa bela à sua frente naquela cabana. Rahel e Maryam o observavam em silêncio. Depois de algum tempo, ele retomou sua narrativa. "Deus, cuja vontade era a de levar meu pai e enviar-me como um órfão ao mosteiro, não quis que eu passasse minha existência como um cego a trilhar sendas perigosas; nem quis que eu continuasse a ser um escravo abjeto até o fim de minha vida. Assim meus olhos e meus ouvidos foram abertos e eu contemplei o brilho da luz e escutei o discurso da verdade." Nisso Rahel meneou a cabeça e disse: "Há, então, outra luz distinta da luz do sol dada a todos os seres humanos? Está ao alcance dos seres humanos conhecer a verdade?". Khalil respondeu: "A verdadeira luz é a que irradia do interior de uma pessoa. Revela os segredos da alma à alma e permite o regozijo desta durante a vida, cantando em nome do Espírito. A verdade é como as estrelas, invisíveis a não ser além das trevas da noite. A verdade é como todas as coisas belas na existência: somente revela suas belezas àqueles que sentiram o peso da falsidade. A verdade é um sentimento oculto que nos ensina o contentamento em nossa vida e a desejar esse contentamento a toda a humanidade." Rahel interferiu: "Não são poucos os que vivem de acordo com esse sentimento em seus corações, nem são poucos aqueles que creem ser ele a lei dada por Deus à espécie humana. Porém em sua existência eles não experimentam contentamento, mas, ao contrário, conservam-se imersos na infelicidade até a morte."

A isso Khalil respondeu: "Os ensinamentos e crenças que tornam o ser humano infeliz durante sua existência não têm valor. E os sentimentos que o conduzem apenas à dor e ao desespero são falsos, pois é dever do ser humano ser feliz no mundo e conhecer os caminhos para a felicidade, e pregar em seu nome onde quer que ele esteja.

Não viemos a este mundo na qualidade de proscritos, mas como crianças ignorantes, para que possamos aprender com as belezas e os segredos da vida a veneração do Espírito eterno e universal e a busca das coisas ocultas da alma. Esta é a verdade tal como a conheci ao ler os ensinamentos de Jesus de Nazaré, e esta é a luz que emanou do meu interior e me mostrou o mosteiro e tudo nele presente como um poço negro de cujas profundezas emergiam fantasmas e imagens amedrontadores para a minha destruição. Este é o segredo oculto a mim revelado pelos lugares selvagens em sua beleza quando eu sentei faminto e choroso à sombra das árvores. E no dia em que meu espírito se embriagou do vinho divino tornei-me audaz e me apresentei diante dos monges quando se achavam sentados no jardim do mosteiro semelhantes a vacas a ruminar. Eu assumi a responsabilidade de expor minhas ideias e recitar a eles passagens da Bíblia para mostrar-lhes sua apostasia e seu pecado. Disse: 'Por que passarmos nossos dias neste isolamento usufruindo da caridade dos pobres, comendo o pão amassado com o suor e as lágrimas deles, gozando da fartura das terras deles roubadas? Por que vivermos na preguiça e ociosidade, distantes daqueles que são carentes de conhecimento, negando à terra a nossa força espiritual e física? Jesus de Nazaré os enviou como ovelhas entre lobos, mas qual foi o ensinamento que fez de vocês lobos entre as ovelhas? Por que vocês próprios se afastam dos seres humanos quando Deus criou vocês como seres humanos? Se vocês são os mais virtuosos entre aqueles que realizam a caminhada da vida, então movam-se e ensinem. Como explicar que fizeram o voto de pobreza quando vivem como príncipes, e o de obediência quando se rebelam contra o Evangelho, e o de castidade quando enchem seus corações de sensualidade? Punem os corpos com o látego, mas tudo que conseguem é a destruição de suas almas. Vocês ostentam e alegam estar acima de todas as coisas mundanas, mas entre todos são os mais ávidos. Afirmam ser ascéticos e celibatários, porém vocês são como gado, voltados para a melhor pastagem. Vamos então restituir aos moradores necessitados deste povoado as amplas terras do mosteiro e devolver aos bolsos deles o dinheiro que deles tomamos. Vamos nos espalhar como aves pela terra e servir este povo enfraquecido que é a fonte de nosso poder, e organizar o país que é a base da abundância em que vivemos. Vamos ensinar esta nação em desespero a sorrir com a luz do sol e a regozijar-se com as dádivas do céu e a liberdade e glória da vida. Há mais excelência e nobreza no trabalho árduo do povo do que nas comodidades que nos oferecemos neste lugar. E há mais nobreza na compaixão presente no coração de um próximo do que na virtude ocultada num canto deste mosteiro. Há mais dignidade numa palavra de conforto pronunciada nos ouvidos da pessoa debilitada, do criminoso e da prostituta do que nas orações feitas no templo.'"

Khalil fez uma pausa para recuperar o fôlego. Em seguida, levantou o olhar para Rahel e Maryam e voltou a falar num tom baixo:

"A expressão no semblante dos monges ao escutarem meu discurso foi de pasmo e surpresa como se se negassem a aceitar que um jovem de minha condição se atrevesse a dirigir-lhes a palavra daquela forma. Quando terminei, um deles se aproximou de mim e, mostrando os dentes, disse: 'Como ousa, canalha miserável, vir a nós e falar nesses termos?'. Um outro riu com desdém e disse: 'Foi junto às vacas e aos porcos com os quais você conviveu a vida inteira que aprendeu essa sabedoria?'. Um terceiro se pôs a minha frente e me ameaçou: 'Com certeza vai ver o que está para acontecer com você, herege!'. Em seguida todos se levantaram e se afastaram de mim como pessoas sadias que se afastam dos leprosos. Alguns deles se dirigiram ao superior e apresentaram queixas contra mim; e este ordenou que eu fosse levado a ele ao pôr do sol. Depois de me censurar severamente na presença dos monges, que exibiam contentamento, ordenou que eu fosse açoitado. Após o açoitamento com pontas de corda, ele me condenou a um mês de aprisionamento, e a seguir, em meio a muito riso e gritaria, os monges me conduziram a uma cela úmida e escura. Passei, assim, um mês naquele calabouço; não entrevia luz alguma e só tinha consciência dos insetos rastejando a minha volta. Também não experimentava contato algum exceto o do chão de terra e tampouco distinguia o fim da noite do começo do dia. Tudo que ouvia eram os passos de alguém que vinha me trazer um bocado de pão seco e um copo de água com vinagre. Quando saí da prisão, ao olharem meu corpo abatido e meu rosto pálido, os monges imaginaram que o anseio de meu espírito havia morrido dentro de mim e que a fome, a sede e a tortura haviam destruído o sentimento que Deus despertara em meu coração. Os dias sucederam as noites e em minha solidão me dediquei a pensar de que maneira podiam aqueles monges ser levados a ver a luz e escutar a canção da vida. Porém inútil foi o meu pensar, pois o espesso véu que séculos tinham tecido a cobrir seus olhos não podia ser rasgado em poucos dias. E o barro com o qual a ignorância tapara seus ouvidos não podia ser removido pelo suave toque dos dedos."

Após um silêncio preenchido por muitos suspiros, Maryam voltou-se para sua mãe como se pedisse permissão para falar e, olhando tristemente para Khalil, disse: "Você repetiu o que tinha dito aos monges, o que os levou a expulsá-lo do mosteiro e lançá-lo a essa noite de terror que deveria ensinar os seres humanos a ser misericordiosos mesmo com seus inimigos?".

O jovem respondeu: "Durante o anoitecer, quando a tempestade aumentava com violência e os elementos da natureza se uniam em batalha, sentei-me separado dos monges. Estavam nessa ocasião reunidos em torno do fogo se aquecendo e narrando histórias e contos engraçados. Abri os Evangelhos e fixei o olhar naquelas palavras nas quais o espírito encontra conforto, esquecendo-se da ira da natureza e da fúria dos elementos. Ao perceberem que eu havia sentado sozinho e separado deles, viram nisso uma oportunidade para gracejar e zombar de mim. Alguns deles se aproximaram rindo, piscando os olhos e fazendo gestos desdenhosos. Não prestei atenção neles, fechei a Bíblia e permaneci olhando fixamente através da janela. Minha atitude os irritou, e passaram a me olhar com hostilidade, já que meu silêncio os deixara mal-humorados. Então um deles disse: 'O que está lendo, poderoso reformador?'. Não olhei para quem fizera a pergunta; abri novamente os Evangelhos e li a seguinte passagem em voz alta: 'E ele disse à multidão que tinha vindo para seu batismo:[10] ó filhos de víboras, quem vos instruiu a fugir da ira vindoura? Criai, portanto, frutos de arrependimento,[11] e não pensai em dizer em vosso íntimo: temos Abraão por pai, pois eu vos digo que Deus é capaz de suscitar destas

[10] Essa multidão era composta de um número bastante expressivo de fariseus e saduceus. (N. T.)
[11] "Criai, portanto, frutos dignos de arrependimento" (Mateus, 3, 8-9). A ideia de arrependimento é correlata à de penitência e mesmo conversão. (N. T.)

pedras filhos de Abraão. E agora também o machado é posto às raízes das árvores; assim, toda árvore que não gera bons frutos é cortada e arrojada ao fogo.' E a multidão indagou-lhe: O que então faremos? E ele respondeu: 'Aquele que tem duas vestes que dê uma a quem não tem nenhuma; e que dê do mesmo modo aquele que tem o alimento.' Quando li essas palavras pronunciadas por João Batista, os monges emudeceram por algum tempo como se uma mão oculta houvesse se apoderado de seus espíritos. Mas logo voltaram a rir e a tagarelar; um deles se dirigiu a mim nos seguintes termos: 'Com frequência ouvimos essas palavras e não precisamos de boiadeiros para as declamar.' Diante disso, eu disse: 'Se vocês lessem e compreendessem essas palavras, o povo destes povoados cobertos de neve na verdade não estaria agora tremendo de frio e chorando atormentado pela fome, enquanto vocês desfrutam do produto farto da generosidade dele, bebem o vinho de seus vinhedos e comem a carne do seu gado.' Mal terminara eu de pronunciar essas palavras e um monge me agredia no rosto como se aquilo que eu dissera nada fosse senão o discurso de um idiota. Outro me chutou, enquanto um terceiro apanhou a Bíblia da minha mão. Um deles foi buscar o superior, o qual se apresentou apressadamente. Quando o informaram sobre o que havia ocorrido, ele ergueu-se imponentemente, a fronte contraída, e, tomado por um tremor de raiva, gritou: 'Agarrem este pecador rebelde, arrastem-no para fora do mosteiro e deixem que os furiosos elementos da natureza lhe ensinem a ser obediente. Arrojem-no ao frio e às trevas e deixem que a natureza faça dele o que Deus quer que ela faça. Depois limpem suas mãos do veneno de heresia impregnado nas roupas dele. E se ele retornar implorando a vocês e simulando arrependimento, não abram a porta para ele, pois a víbora presa numa jaula não se transforma numa pomba, tampouco a moita plantada num vinhedo frutifica.' Imediatamente os monges me agarraram e me arrastaram para fora do mosteiro, depois do que voltaram para ele rindo. Antes de cerrarem as portas para mim, ouvi um deles dizer com desdém: 'Ontem você reinava entre as vacas e os porcos, hoje nós o destronamos, ó reformador, pois você não administrou bem os seus negócios. Vá agora reinar entre os lobos vorazes e as aves carniceiras, a lhes ensinar como viver em suas cavernas e seus covis!'".

Khalil parou de falar e suspirou profundamente. Voltou o rosto para o fogo e observou as chamas bruxuleantes. Quando retomou a palavra, havia em sua voz uma doçura que feria. "E assim fui expulso do mosteiro. Assim os monges entregaram-me às garras da morte. Dirigi-me à estrada já oculta pela névoa. O vento violento rasgava minhas roupas e a neve se acumulava ao redor de meus joelhos. Logo minhas forças me abandonaram e eu caí bradando por socorro, o brado de um desesperado que sente que não será ouvido por ninguém e por nada, exceto pela morte aterradora e pelos vales sombrios. Mas além dos ventos, da neve, da escuridão e das nuvens, além do éter e das estrelas, um Poder, onisciente e todo misericordioso, ouviu meu brado. Sua vontade não determinou que eu morresse antes de aprender o que restava dos segredos da vida, de modo que enviou ambas para me resgatarem das profundezas do abismo e do aniquilamento."

As duas mulheres permaneciam olhando para ele pasmas e afetuosas como se em seus corações compreendessem as coisas ocultas no coração dele, e sintonizassem com esse coração no que ele sabia e sentia. Rahel então estendeu sua mão, espontaneamente, e tocou suavemente a mão dele e, com os olhos brilhantes por conta das lágrimas, lhe disse: "Aquele que os Céus escolheram para defender o direito nenhuma opressão pode destruir, nem nenhuma neve ou tempestade matar." E Maryam acrescentou, murmurando: "A neve e a tempestade destroem a flor, mas são incapazes de destruir sua semente."

Essas palavras de conforto iluminaram o semblante contorcido de Khalil como o horizonte é iluminado pelos primeiros raios da aurora. "Se vocês não me consideram um rebelde e um herege como aqueles monges, então a perseguição que suportei no mosteiro não passa de um símbolo da crueldade sofrida por um povo antes de alcançar o conhecimento. Esta noite, que quase me destruiu, é como a revolta que precede a liberdade e a igualdade. Realmente, do coração sensível de uma mulher surge a felicidade dos seres humanos, e os sentimentos dos espíritos dos seres humanos nascem no seio dos sentimentos do nobre espírito dela."

Dito isso, pousou a cabeça no travesseiro. As mulheres não quiseram que a conversação prosseguisse, pois perceberam nos olhos dele que o sono, promovido pelo calor e o repouso após sua perigosa caminhada sem rumo, já o dominava. Logo Khalil fechava os olhos e dormia o sono de uma criança aconchegada seguramente pelos braços da mãe. Rahel se levantou rapidamente seguida por Maryam. Sentaram-se em seu leito, mas seus olhares mantinham-se fixados nele, como se no rosto magro do rapaz existisse um poder que atraísse seus espíritos e as aproximasse dele. Então a mãe murmurou, como se falasse consigo mesma: "Em seus olhos cerrados há uma força estranha que se expressa silenciosamente, despertando os anseios do espírito." E a filha acrescentou: "Suas mãos, mãe, são como as de Jesus no quadro da igreja." E a mãe sussurrou: "Seu rosto triste revela a ternura de uma mulher e a força de um homem."

Pouco tempo depois as duas mulheres foram transportadas para a terra dos sonhos pelas asas do sono. A lenha incandescente na lareira esfriou e converteu-se em cinzas, o óleo na candeia secou e a luz diminuiu, perdendo intensidade até extinguir-se. A tempestade que uivava lá fora não reduzia sua fúria, e o céu escuro fazia precipitar a neve que o vento violento colhia e espalhava em todas as direções.

IV

Haviam decorrido duas semanas depois daquela noite. O céu carregado de nuvens mostrava-se ora calmo, ora turbulento, cobrindo os vales com névoa e enterrando os baixos morros sob a neve. Por três vezes Khalil decidira seguir seu caminho até o litoral e por três vezes Rahel o impedira gentilmente, dizendo: "Não deixe novamente sua vida à mercê dos elementos cegos da natureza, mas fique aqui conosco. O pão que satisfaz duas pessoas será suficiente para uma terceira, e o fogo que arde nesta lareira permanecerá aceso depois de sua partida como esteve antes de sua chegada. Somos pobres, meu irmão, porém existimos sob o sol como todas as pessoas, pois Deus nos dá nosso pão de cada dia.

Maryam suplicou-lhe entre olhares ternos e murmúrios suaves que adiasse sua partida; de fato, desde a chegada dele entre a vida e a morte à casa delas, Maryam sentia a existência de uma força divina no interior dele que transmitia vida e luz ao seu ser, despertando no santuário de seu espírito sentimentos agradáveis e raros. Pela primeira vez em sua vida, experimentava uma percepção daquele estranho sentido que faz o coração puro de uma donzela assemelhar-se a uma rosa branca que bebe gotas de orvalho e exala uma fragrância delicada. Não há nenhuma emoção numa criatura humana que seja mais pura ou mais doce do que o sentimento oculto que desperta inesperadamente para a vida no coração de uma donzela para preencher os vazios de seu peito com melodias encantadoras e tornar seus dias semelhantes ao sonho do poeta e suas noites semelhantes à visão do profeta. Não há nenhum mistério entre os mistérios da natureza que seja mais poderoso ou mais belo do que o desejo que transforma a calma do espírito da virgem num despertar contínuo, suprimindo com sua força a memória de dias passados, insuflando com sua doçura vida nas esperanças dos dias vindouros.

A mulher libanesa se distingue das mulheres de outras nações pela força de suas afeições e a simplicidade dos sentimentos. Sua educação simples, constituindo um obstáculo ao desenvolvimento de sua mente e ao seu avanço, a leva a explorar o que há em seu espírito e em seu coração na busca de seus mistérios. A moça libanesa é como uma fonte que brota do coração da terra num solo pobre e que, não encontrando um caminho pelo qual possa descer como um rio para o mar, se converte num plácido lago refletindo em sua superfície a luz da lua e das estrelas.

Khalil sentia as ondas do ser de Maryam batendo nas praias de seu ser, e sabia que a chama sagrada que envolvia seu coração tocara o coração dela. E ele se alegrou, pela primeira vez – a alegria de uma criança perdida que encontra sua mãe. Entretanto, repreendeu seu espírito por sua precipitação e sua paixão, refletindo que esse entendimento espiritual desapareceria como a névoa quando o tempo viesse a separá-lo daquele povoado. Dizia para si mesmo: "O que são estas forças misteriosas que, por conta de nossa ignorância, brincam conosco? Que leis são estas que ora nos conduzem por caminhos ásperos, ora nos colocam diante do sol em júbilo; ora nos erguem ao cume de uma montanha quando estamos felizes e exultamos, ora nos jogam às profundezas do vale, de maneira que gritamos mergulhados em nossa agonia? O que é esta vida que nos abraça hoje como uma amiga e se afasta de nós amanhã como uma inimiga? Não fui eu apenas ontem odiado e desprezado pelos monges do mosteiro? Não aceitei o escárnio e o tormento em nome daquela verdade que os Céus despertaram em meu coração? E eu não disse aos monges que a felicidade é a vontade de Deus no ser humano? Então o que é este medo e por que fecho os olhos e desvio minha cabeça da luz que brilha nos olhos dessa donzela? Sou um proscrito e ela é pobre, mas o ser humano vive apenas de pão? Não será a vida uma dívida e um cumprimento e não estaremos nós entre a escassez e a abundância tal como a árvore está entre o inverno e o verão? E o que diria Rahel se soubesse que o espírito de um jovem proscrito e o espírito de sua filha alcançaram entendimento silenciosamente e se aproximaram do círculo de luz nas alturas? E que o jovem que ela livrou das mandíbulas da morte queria desposar sua filha? O que diriam as pessoas simples do vale ao saberem que um rapaz criado num mosteiro e dele expulso viria para o seu povoado para viver ao lado de uma graciosa mulher? Não se negariam a ouvir se eu dissesse a eles que aquele que abandonara o mosteiro para viver em seu meio era como um pássaro abandonando a escuridão de sua gaiola em busca de luz e liberdade? E qual seria a reação do xeique Abbas, que vive entre os camponeses pobres como um príncipe entre escravos, ao ouvir minha história? O que fará o sacerdote do povoado ao se inteirar daquilo que foi a causa de minha expulsão do mosteiro?".

E enquanto Khalil permanecia sentado junto à lareira em comunhão com seu próprio eu, contemplando as línguas de fogo tão aparentadas aos seus próprios sentimentos, Maryam lhe lançava ocasionalmente olhares furtivos, lendo sonhos na fisionomia dele, escutando os ecos dos pensamentos que emergiam do coração dele, captando em sua percepção a presença dos mais íntimos segredos dele.

Num anoitecer, quando Khalil estava junto à janela que dava para o vale, onde as árvores e as rochas ainda permaneciam cobertas de neve, como cadáveres cobertos por mortalhas, Maryam apareceu, se colocou ao seu lado e, através da janela, contemplou o céu. Ele virou para ela e, quando seu olhar encontrou o dela, suspirou profundamente, desviou o rosto e fechou os olhos, como se seu espírito o tivesse deixado para alçar voo rumo ao infinito em busca de uma palavra que pudesse dizer. Após alguns minutos Maryam criou coragem e disse: "Para onde você vai quando a neve derreter e as estradas estiverem livres?". Ele abriu seus grandes olhos e fitou o longínquo horizonte antes de responder. "Seguirei a estrada cujo destino desconheço." Um tremor sacudiu o espírito de Maryam e ela disse: "Por que não passa a morar neste povoado, ficando perto de nós? Não é a vida aqui melhor do que um exílio num lugar distante?".

Aquelas palavras ternamente pronunciadas por ela e sua voz melodiosa provocaram um tumulto no interior dele. Ele respondeu:

"As pessoas do povoado não aceitarão alguém banido do mosteiro como seu vizinho. Nem permitirão que essa pessoa respire o ar que os mantém, pois afirmam que um inimigo dos monges é um blasfemador perante Deus e seus santos."

Maryam emitiu um ligeiro gemido e ficou calada, pois a verdade pungente a reduzira ao silêncio. Khalil apoiou a cabeça na mão e continuou: "As pessoas destes povoados, Maryam, aprenderam com os monges e com os sacerdotes a odiar aqueles que pensam por si mesmos. Foram ensinados a se conservarem separados de todos aqueles que passam suas vidas numa busca e que não seguem o que determinam os monges e os sacerdotes. Se eu me mantivesse neste povoado e dissesse às pessoas 'Venham, irmãos, e veneremos a Deus de acordo com os ditames de nossos espíritos e não como querem os sacerdotes, pois Deus não quer a veneração do ignorante que se limita a imitar os outros', diriam que aquele que o declara é um herege que se insurge contra a autoridade instalada por Deus nas mãos de seus sacerdotes. E se eu dissesse a eles 'Escutem, meus irmãos, a voz de seus corações e realizem a vontade do espírito no mais íntimo de vocês', diriam que quem assim se expressa é mau e deseja que sejamos infiéis a quem Deus colocou entre o céu e a Terra como intercessor."

Ele sondou os olhos de Maryam e quando voltou a falar havia em sua voz uma nota harmoniosa de cordas argentinas: "Mas existe no povoado, Maryam, uma força sobrenatural que me possui e que retém minha alma; um poder superior que me faz esquecer minha perseguição levada a cabo pelos monges e que me faz amar a crueldade deles. Neste povoado encarei a morte e nele o espírito de Deus envolveu meu espírito. Neste povoado existe uma flor que cresce entre os espinhos, por cuja beleza minha alma anseia e cuja fragrância enche meu coração. Deixarei, então, essa flor seguindo adiante a proclamar esses princípios devido aos quais fui expulso do mosteiro, ou permanecerei ao lado dessa flor cavando para minhas ideias e meus sonhos um túmulo entre os espinhos que a circundam?".

Quando Maryam ouviu isso, seu corpo foi sacudido por um tremor semelhante ao tremor de um lírio atingido pela brisa do romper do dia. A luz que habitava seu coração transbordou de seus olhos, enquanto sua timidez disputava com sua língua o domínio, e ela disse: "Estamos ambos entre as mãos de uma força oculta, uma força justa e misericordiosa; que ela faça de nós o que queira."

V

De épocas remotas até os nossos dias os privilegiados da sociedade sempre se aliaram ao clero e aos líderes da religião contra o corpo da sociedade. Não haverá cura para isso a não ser através do banimento da ignorância do mundo, quando a mente de todo homem se tornar uma soberana e o coração de toda mulher, uma sacerdotisa.

O filho do privilegiado constrói sua mansão com os corpos dos fracos e dos desprivilegiados, e o sacerdote erige seu santuário sobre os túmulos dos fiéis e dos humildes. O governante prende os braços do camponês infeliz enquanto o sacerdote estende sua mão até o bolso dele. O governante olha para esses filhos dos campos com um franzimento de sobrancelhas, enquanto o sacerdote se move entre eles sorrindo. Entre o franzimento de sobrancelhas do tigre e o sorriso do lobo o rebanho perece. O governante encarna a lei, e o sacerdote, a religião, e entre elas os dois corpos são destruídos e os espíritos morrem.

Atualmente, no Líbano, essa montanha rica em luz do sol, mas pobre em luz do conhecimento, o nobre e o clérigo uniram-se contra o camponês fraco e miserável que lavra o solo e deste obtém o que pode para proteger seu corpo contra a espada do primeiro e das maldições do segundo. O filho do privilégio coloca-se ao lado de seu palácio no Líbano bradando aos seus compatriotas: "O Sultão instalou-me como guardião dos corpos de vocês!". E o sacerdote se coloca

no púlpito gritando: "E Deus me apontou protetor das vossas almas!".
Contudo o povo do Líbano permanece silencioso, pois corações en-
terrados profundamente na terra não partem e os mortos não choram.

O xeique Abbas, que era governante, príncipe e soberano na-
quele povoado, nutria um grande amor pelos monges do mosteiro.
Seguia fielmente seus ensinamentos e tradições, pois os monges
compartilhavam com ele o extermínio do conhecimento, e eles e ele
mantinham viva a obediência entre os trabalhadores em seus cam-
pos e vinhedos. E naquela mesma noite, enquanto Khalil e Maryam
permaneciam diante do trono do amor sob a observação de Rahel,
procurando descobrir o segredo no íntimo deles, Padre Ilyas, o sacer-
dote do povoado, recorreu pessoalmente ao xeique Abbas e relatou-lhe
como os piedosos monges haviam expulsado de seu meio um jovem
rebelde e perverso. Contou-lhe, ademais, que esse herege e blasfema-
dor ingressara no povoado havia duas semanas e estava vivendo na casa
de Rahel, viúva de Sam'an Al-Rami. Padre Ilyas não se satisfez em
transmitir ao xeique essas simples novidades, mas julgou necessário
acrescentar: "O diabo expulso do mosteiro não se tornou um anjo no
povoado; e a grama que aquele que cuida dos campos corta e lança
às chamas não produz fruto no fogo. Se quisermos que este povoado
se conserve íntegro, limpo e livre dos germes de uma enfermidade
abjeta, expulsemos esse jovem de nossas habitações e nossos campos
tal como os bons monges o expulsaram do mosteiro."

"E de onde você tirou a ideia de que esse jovem será como uma
enfermidade abjeta no povoado?", perguntou o xeique Abbas. "Não
seria melhor fazer dele um boiadeiro ou alguém que cuida dos vinhe-
dos? Nossa necessidade de trabalhadores é extrema. A estrada ter nos
trazido um jovem de braços fortes não é algo a ser desprezado."

Um sorriso insidioso aflorou nos lábios do sacerdote; ele acari-
ciou sua grossa barba com seus dedos e disse: "Se esse jovem fosse um
bom trabalhador, os monges não o teriam expulsado, pois o mos-
teiro dispõe de uma vastidão de terras e de incontáveis rebanhos. Um
arrieiro proveniente do mosteiro que passou a noite comigo contou-
-me como esse jovem proferiu passagens blasfemas e um discurso de
rebelde na audição com os monges – discurso revelador do mal que
existe nele. Em sua ousadia, declarou: 'Devolvam aos pobres deste

povoado os campos do mosteiro, seus vinhedos e propriedades e distribuam o que pertence a eles por todas as partes, pois isso é melhor do que orações e veneração.' E o arrieiro também contou que de nada valeram para restituir a razão a esse herege o castigo, o açoitamento e a escuridão do cárcere; pelo contrário, com isso, foi o diabo no íntimo dele nutrido como as moscas se multiplicam junto a uma esterqueira."

Ao ouvir essas palavras o xeique Abbas levantou-se e assumiu uma posição imponente; em seguida, recuou um pouco à maneira de uma pantera prestes a dar o bote. Permaneceu em silêncio por alguns segundos, rangendo os dentes e tremendo de raiva. Caminhou até a porta do corredor e chamou seus servos. Logo três deles apareceram e permaneceram diante dele aguardando suas ordens. Ele se dirigiu a eles nos seguintes termos: "Na casa de Rahel, a viúva, há um jovem criminoso vestido com o hábito de um monge. Vão agora e tragam-no a mim acorrentado. Se a mulher lhes fizer oposição, agarrem-na também e arrastem-na pelos cabelos pela neve, pois quem ajuda malfeitores é ele próprio o mal."

Os servos inclinaram as cabeças e se apressaram a cumprir a ordem de seu senhor. O sacerdote e o xeique Abbas continuaram sua conversação, discutindo como iriam lidar com o jovem e a viúva Rahel.

VI

O dia findava e a noite surgia enviando seus fantasmas entre as cabanas cobertas de neve. As estrelas brilhavam no céu frio e escuro como símbolos de uma esperança imortal além das agonias da separação e da morte. Os camponeses fechavam cuidadosamente portas e janelas, acendiam as candeias e sentavam próximos às suas lareiras em busca de calor, despreocupados com as sombras da noite em torno de suas moradas.

Foi a essa hora, quando Rahel, Maryam e Khalil estavam sentados à mesa de madeira fazendo sua refeição do anoitecer, que, após uma batida na porta, os três servos do xeique Abbas entraram. Rahel os fitou aterrorizada e Maryam gritou apavorada. Khalil, porém, permaneceu silencioso e imóvel. Era como se o seu espírito grandioso houvesse sido prevenido e avisado sobre a chegada dos homens mesmo antes de sua chegada. Em seguida um dos homens avançou e com grosseria pôs a mão no ombro de Khalil, dizendo com voz áspera: "Você não é o jovem que expulsaram do mosteiro?". Khalil respondeu lentamente: "Sou ele mesmo. O que querem de mim?". O homem disse: "Vamos levá-lo amarrado à casa do xeique Abbas. Se resistir, nós o arrastaremos pela neve como um cordeiro para o matadouro."

Enquanto isso Rahel permaneceu em pé, as faces pálidas e a testa franzida. Disse então com uma voz trêmula: "Por qual crime ele é levado ao xeique Abbas e por que arrastá-lo para longe amarrado?". E Maryam acrescentou: "Ele é um, e vocês são três. É uma covardia agir assim o degradando e castigando." Ela falava movida pela esperança e lhes implorava. Contudo o servo zangou-se e gritou enraivecido: "Será que existe neste povoado, então, uma mulher que se rebelaria contra a vontade do xeique Abbas?". Ao pronunciar essas palavras, tirou de sua cintura uma corda forte e se abaixou para prender os braços de Khalil. O rapaz nada disse, e manteve o mesmo comportamento; sua cabeça estava totalmente erguida como uma torre diante da tempestade; em seus lábios, um sorriso triste. Então ele falou: "Só posso ter pena de vocês, irmãos, pois são os instrumentos de uma força cega nas mãos de uma pessoa que, embora tenha visão, é medíocre, e que os oprime e com a força de vocês oprime os fracos. Vocês são os servos da ignorância, e a ignorância é mais negra do que a pele do negro, além de mais submissa à crueldade e à vergonha. Ontem eu era como vocês são hoje; amanhã vocês serão como eu sou agora. Porém hoje entre vocês e eu existe um imenso abismo negro que traga meu grito e oculta minha verdade de vocês. Não podem nem ouvir nem ver. Aqui estou. Amarrem meus braços e façam o que quiserem."

Ao ouvirem essas palavras, aqueles homens arregalaram seus olhos e seus corpos estremeceram. Por um minuto o rapaz os privou de sua força, como se a doçura da voz dele os impedisse de se mover e fizesse despertar desejos mais nobres que estavam latentes no mais profundo de cada um deles. No entanto, logo recobraram seus sentidos como se a voz do xeique ainda ecoasse em seus ouvidos, lembrando-os da tarefa da qual os havia incumbido. Ataram os braços do rapaz e o conduziram para fora em silêncio, experimentando no âmago de si mesmos o tumulto de uma agonia. Rahel e Maryam seguiram os seus passos como as filhas de Jerusalém seguiram Jesus até o calvário. E assim as duas mulheres acompanharam Khalil de perto até a casa do xeique Abbas.

VII

As notícias nos pequenos povoados, sejam de grande ou pouca importância, correm entre os camponeses com a rapidez do pensamento, uma vez que seu distanciamento das atividades gerais da sociedade lhes proporciona a oportunidade de investigar minuciosamente tudo o que acontece em seu ambiente limitado. Durante o inverno, estação em que os campos e pomares estão cobertos de espessa camada de neve e quando toda a vida se aconchega temerosa em torno das lareiras em busca de calor, os habitantes dos povoados ficam ansiosos por novidades sobre os acontecimentos para que possam preencher seus dias vazios, a conversar e passar as noites frias com o como e o porquê das coisas e das pessoas.

E, assim, mal haviam os servos do xeique Abbas agarrado Khalil naquela noite para que as notícias se espalhassem como uma doença contagiosa entre os habitantes daquele povoado. O desejo de satisfazer sua curiosidade se apoderou deles, e eles se precipitaram descontroladamente para fora de suas choupanas em todas as direções como uma companhia de tropas a se distribuir ao longo de um campo. Tão logo alcançara o manietado jovem a casa do xeique, o espaçoso salão já se encontrava lotado de uma multidão de homens e mulheres, jovens e velhos. Esticavam o pescoço na ânsia de obter ao menos um relance do blasfemador expulso do mosteiro, e da viúva Rahel e sua filha Maryam, que tinham se associado aos maus espíritos na difusão de venenos e doenças demoníacos na atmosfera do povoado.

O xeique Abbas estava sentado num assento elevado, e ao seu lado encontrava-se sentado o Padre Ilyas. Os camponeses e servos permaneciam em pé e olhavam para o jovem amarrado, que se colocava entre eles com a cabeça bem erguida, como uma imponente montanha entre planícies. Atrás dele estavam Rahel e Maryam, com seus corações tomados de medo e seus espíritos torturados pelos olhares hostis da multidão. Mas qual poder tem o medo diante do espírito de uma mulher que contemplou a verdade e a segue, e que poder tem olhares hostis diante do coração de uma donzela que ouviu a convocação do amor e foi despertada?

O xeique Abbas olhou então para o jovem e numa voz estrondosa perguntou:

"Qual é o seu nome?"

"Khalil."

"Qual é seu povo, quem é sua família e onde você nasceu?"

Khalil voltou o rosto para os camponeses, que o fitavam com um olhar que misturava ódio e desprezo, e respondeu: "Os pobres e oprimidos são o meu povo e minha tribo, e esta vasta terra é meu lugar de nascimento."

O xeique sorriu com escárnio. "Aqueles que você afirma ser sua família estão em busca de sua punição, e a terra que você chama de lar rejeita a você como pertencente ao seu povo", ele disse.

Khalil experimentou no seu íntimo uma perturbação ao dizer: "Nações em sua ignorância agarram seus filhos mais nobres e os entregam à crueldade do tirano; e países, presas de descrédito e desonra, perseguem aqueles que os amariam e libertariam. Entretanto, o bom filho abandona sua mãe quando ela está enferma? O irmão compassivo repudia o irmão em desespero? Estes pobres desgraçados que me entregaram amarrado a você hoje são os mesmos que ontem realmente lhe entregaram seus pescoços. E aqueles que me trouxeram em desonra diante de você são os mesmos que lançam as sementes de seus corações nos campos que lhe pertencem e derramam o sangue de suas vidas aos teus pés. E esta terra que me rejeita é o mesmo país que não abrirá a boca para engolir o tirano e o ávido."

Xeique Abbas riu estrepitosamente como se fosse submergir com seu riso grosseiro o espírito do jovem e impedir seu encaminhamento às almas simples de seus ouvintes. Disse: "Você não era, jovem, um pastor a serviço do mosteiro? Por que, então, abandonou sua tarefa e provocou a expulsão? Será que você pensa, talvez, que o povo mostrará mais misericórdia com um herege e um louco do que os piedosos monges?". E Khalil disse: "Eu era um pastor, e não um açougueiro.

Costumava conduzir meus animais aos verdes prados e às pastagens frescas, e jamais os conduzi ao solo nu e pedregoso. Eu os levava às fontes de água doce e não aos pântanos. Ao anoitecer, os trazia de volta aos cercados; não os deixava no vale à mercê dos lobos e das feras. Tivesse você feito o mesmo com este rebanho emagrecido que agora se reuniu em torno de nós, e então não estaria neste momento habitando um palácio enquanto essas pessoas morrem de fome em choupanas escuras e sombrias. Se tivesse se compadecido desses simples filhos de Deus como eu me compadeci dos animais do mosteiro, não estaria agora sentado nesse assento de seda enquanto eles ficam em pé diante de você como galhos desfolhados em meio ao vento do norte."

O xeique Abbas moveu-se desassossegado em seu assento. Sobre sua fronte escorriam gotas de suor frio, e a sua disposição jovial converteu-se em raiva. Entretanto ele se controlou para que não parecesse ansioso e preocupado diante de seus homens e seguidores. Fez um movimento com sua mão e disse: "Nós não o trouxemos aqui amarrado, descrente, para escutar sua conversa de alucinado. Está aqui diante de nós para que possamos sentenciá-lo como um malfeitor. Saiba, portanto, que está perante o senhor deste povoado e executor da vontade do emir Ameen Al-Shehabi, que Deus o fortaleça! E perante Padre Ilyas, encarnação da Santa Igreja, contra a qual você transgrediu. Defenda-se, então, contra seus acusadores ou ajoelhe-se em arrependimento perante nós e perante esta multidão zombeteira, e nós o perdoaremos, e voltará a ser um pastor como era no mosteiro."

O jovem se manifestou com uma voz calma: "O criminoso não é julgado por criminosos, nem o apóstata se defende diante de pecadores."

Tendo dito isso, Khalil voltou-se para a multidão presente naquele salão e numa voz que ressoava clara como o som da prata, continuou: "Irmãos, o homem que vocês tornaram senhor dos campos que pertencem a vocês através de submissão e obediência trouxe-me aqui amarrado para julgar-me perante vocês neste palácio construído sobre os restos mortais dos seus pais e antepassados. E o homem transformado em sacerdote pela vossa fé em sua igreja veio para julgar-me e assistir a minha degradação e ao meu aviltamento. Quanto a vocês, vieram correndo de todos os lugares para contemplar minha agonia e escutar os rogos de minha defesa e minhas súplicas. Deixaram suas lareiras quentes para ver seu irmão e filho imobilizado e aviltado. Vocês se apressaram para contemplar a presa a debater-se nas garras da fera. Vieram para observar o criminoso e blasfemador diante de seus juízes. Eu sou o criminoso. Sou eu que sou o herege, expulso do mosteiro e carregado pela tempestade até o vosso povoado. Eu sou aquele malfeitor. Então prestem atenção ao meu caso e não demonstrem compaixão – mas sejam justos, pois a compaixão é reservada apenas aos culpados; os inocentes somente buscam justiça. Eu os elegi como meus juízes, pois a vontade do povo é a vontade de Deus. Que seus corações despertem e me escutem bem e, então, julguem-me de acordo com sua consciência. Dizem que sou uma pessoa má e um descrente, porém vocês desconhecem qual é o meu crime. Vocês me viram amarrado como um ladrão e assassino, mas nada ouviram acerca do mal por mim cometido, porque nesta terra crimes e transgressões se conservam ocultos na névoa, enquanto a punição destes é mostrada a todos, como clarões de relâmpagos numa noite escura. Meu crime, homens, está no meu conhecimento do desespero de vocês e no sentimento do peso das suas correntes. E meu pecado, mulheres, está em minha compaixão por vocês e seus filhos, que sugam vida de seus seios, mas com a picada da morte. Sou parente de vocês, pois meus ancestrais viveram nestes vales que esgotam suas forças, e morreram sob esse cambão que encurva seus pescoços. Acredito em Deus, que escuta o grito de seus espíritos atormentados e penetra seus corações partidos. Acredito nos Evangelhos que fazem de todos nós irmãos iguais diante do sol. Acredito nos ensinamentos que libertam a vocês e a mim da escravidão e nos colocam sem grilhões sobre a Terra, o lugar onde se apoiam os pés de Deus. Eu era no mosteiro um vaqueiro, mas minha solidão com animais irracionais em lugares tranquilos não me cegou para que não visse a tragédia que vocês vivem contra a vontade nos campos. E nem meus ouvidos estavam surdos para o brado de desespero que se eleva das choupanas. Eu me detinha a olhar, e me contemplava no mosteiro e vocês nos campos como um rebanho de ovelhas seguindo um lobo ao seu covil. Fiquei de pé no meio do caminho bradando por socorro, depois do que o lobo caiu sobre mim e carregou-me para longe, de modo que meu brado não pudesse impulsionar o espírito do rebanho a rebelar-se e dispersar-se amedrontado em todas as direções, deixando-o sozinho e faminto na noite escura. Suportei o encarceramento, a fome e a sede em nome da verdade que vejo escrita com sangue em seus rostos; e tortura, açoitamento e zombaria porque dei voz aos seus suspiros, uma voz que encheu o mosteiro de ponta a ponta. Mas não tive medo e a fraqueza não atingiu meu coração, pois o grito e a agonia de vocês me acompanhavam e me revigoravam, de maneira que a perseguição, o desdém e a morte deixaram de existir para mim. E agora vocês perguntam a si mesmos: 'Quando bradamos por socorro e quem entre nós ousa abrir a boca?'. Eu digo a vocês que seus espíritos bradam todos os dias e que à noite seus corações na angústia que neles se aloja pedem socorro. Mas vocês não escutam seus espíritos e seus corações, visto que um homem agonizante é incapaz de ouvir o estertor da morte no seu interior, mas aqueles que estão sentados junto ao seu leito o escutam. A ave abatida dança sua dança fantástica sem que a vontade a oriente e de nada sabe; mas aqueles que a observam sabem. A que hora do dia os seus espíritos não suspiram em agonia? É na manhã, quando o amor pela existência os convoca, arrancando de seus olhos o véu do sono e os conduzindo aos campos como escravos? É ao meio-dia, quando se sentam à sombra de uma árvore para se protegerem do sol ardente, e, no entanto, não podem? Ou é ao anoitecer, quando voltam faminto para suas moradas e nada encontram senão pão seco e água turva? Ou é à noite, quando a fadiga os joga em vossos leitos de pedra e proporciona um sono inquieto; quando fecham os olhos para dormir somente para acordarem amedrontados imaginando a voz do xeique que continua a soar em seus ouvidos? Em qual estação do ano seus corações não choram angustiados? É na primavera, quando a natureza veste seus novos trajes e vocês saem para encontrá-la com seus farrapos? Ou é no verão, quando vocês fazem a colheita, juntam o produto na eira e enchem os recipientes de seu senhor e mestre com muito, ao passo que recebem como pagamento apenas palha e ervilhaca? Ou é no outono, quando vocês colhem os frutos, pressionam as uvas no lagar, recebendo em troca nada senão vinagre e bolotas? Ou é, ainda, no inverno, quando são oprimidos pelos elementos da natureza e o frio os enfia em suas choupanas cobertas pela neve, onde sentam junto ao fogo agachados e com medo da fúria das tempestades? Esta, portanto, é a sua vida, meus pobres irmãos. Esta é a noite a se estender sobre suas almas, infelizes. Estas são as sombras de sua infelicidade e miséria. Este foi o grito de aflição ouvido por mim e proveniente do mais recôndito de cada um de vocês, e que me levou a despertar e rebelar-me contra os monges e seu gênero de vida; e ergui-me sozinho, reclamando em nome de vocês e em nome da justiça, que sustenta os seus sofrimentos. E eles me classificaram de descrente e me expulsaram do mosteiro. Assim eu vim para compartilhar sua infelicidade, viver entre vocês e misturar meu sangue ao seu. Mas vocês me entregaram amarrado ao seu poderoso inimigo, àquele que pilhou sua abundância, aquele que vive na facilidade graças à riqueza de vocês e que enche sua volumosa barriga com os frutos do trabalho árduo de vocês. Será que não há entre vocês anciões que sabem muito bem que a terra que lavram, cuja produção lhes é negada, lhes pertence e que o pai do xeique Abbas tomou, à força, de seus pais, na época em que a lei era escrita com o gume da espada? Nunca ouviram dizer que os monges destituíram seus antepassados de suas terras e seus vinhedos quando os versos sagrados eram registrados nos lábios do sacerdote? Vocês não sabem que o clero e os privilegiados conspiram em conjunto para sua submissão, seu aviltamento e o derramamento do sangue de seus corações? Será que há um homem entre vocês que o sacerdote não haja feito se curvar diante do senhor do campo? Ou uma mulher que o senhor do campo não haja censurado e forçado a acatar a vontade do sacerdote?

"Vocês ouviram como o Senhor se dirigiu ao primeiro homem: 'Comerás o pão com o suor de teu rosto.' Como explicar então que o xeique Abbas coma o pão amassado com o suor do rosto de vocês e que beba o vinho banhado com as lágrimas de vocês? Teria Deus escolhido esse homem e o tornado senhor enquanto ainda estava no útero de sua mãe? Será que Deus lhes castigou por pecados desconhecidos e lhes enviou na qualidade de escravos a esta vida para colher os frutos dos campos, mas não comer senão os espinhos e o cardo dos vales? Ou construir belos palácios, mas não ter onde morar exceto em choupanas arruinadas? Vocês escutaram Jesus de

Nazaré quando falou aos seus discípulos: 'Tal como recebeis de graça, dai de graça. Não leveis em vossas bolsas[12] nem ouro, nem prata, nem bronze.' Então qual ensinamento autorizou monges e sacerdotes a vender suas orações por ouro e prata? Vocês oram no silêncio da noite dizendo: 'Dê-nos neste dia nosso pão de cada dia, Senhor.' E assim o Senhor lhes deu esta terra para sustentá-los com pão e suficiência. Mas teria dado ele aos dirigentes dos mosteiros o poder de subtrair das mãos de vocês esse pão? Vocês realmente amaldiçoam Judas por haver vendido seu mestre por moedas de prata, mas o que os leva a abençoar aqueles que o vendem todos os dias de suas vidas? Judas, em sua perversidade, arrependeu-se de seu pecado e se enforcou; mas aqueles desfilam diante de vocês com as cabeças erguidas, envergando belos trajes, usando anéis dispendiosos e adornos de ouro. Vocês ensinam seus filhos a amar o Nazareno. Como explicar que os ensinem a obedecer aqueles que o odeiam e violam suas leis e seus ensinamentos? Sabem que os apóstolos de Cristo foram apedrejados até a morte para que o Espírito Santo pudesse viver dentro de vocês; mas será que sabem que os sacerdotes e os monges estão matando os espíritos de vocês para que possam viver gozando da abundância de vocês? O que tenta vocês numa existência cheia de baixeza e abjeção e os mantém prostrados diante de uma imagem aterradora criada pela mentira e pela falsidade sobre os túmulos de seus pais? E qual tesouro inestimável guardam por meio de sua submissão para deixar como herança aos seus filhos?

"Suas almas estão em poder do sacerdote e seus corpos em posse do governante, enquanto seus corações são reféns das trevas da dor e do desespero. O que na vida vocês podem apontar e dizer 'isso está reservado a nós'? Sabem, débeis cativos, quem é o sacerdote que tememos, o qual colocaram na qualidade de guardião dos sagrados segredos de suas almas? Escutem-me e revelarei a vocês aquilo que sentem, mas que têm medo de expor. Ele é um traidor que recebeu dos seguidores de Cristo um livro sagrado que ele transformou em uma rede para apanhar o que pertence a eles; um hipócrita que os fiéis cingiram

---

[12] Ou, "em vossos cintos" (Mateus, 10, 9), até porque a bolsa era levada no cinto. (N. T.)

com um belo crucifixo que ele usava nas alturas acima da cabeça deles como uma espada afiada; um opressor ao qual os fracos entregavam seus pescoços, que ele atava com uma corda, prendia com uma mão férrea e dos quais não desistia até que quebrassem como potes de barro e espalhassem como poeira. Ele é um lobo voraz que penetra no cercado, embora o pastor pense que ele é uma ovelha, o que leva o pastor a dormir em paz. E no cair da noite ele se precipita sobre o rebanho, devorando uma a uma das ovelhas e dos carneiros. Ele é um glutão que reverencia mais uma mesa farta do que o altar; e um ávido que vai em busca de um centavo mesmo até as cavernas do djim. Suga o sangue dos membros de sua congregação como as areias do deserto sugam pingos de chuva. É avarento, cuida de suas próprias necessidades e acumula riqueza. É um malandro que entra pelas rachaduras da parede e só sai quando a casa cai. Um ladrão de coração empedernido que furta o óbolo da viúva e a moedinha do órfão. É uma criatura de formação estranha, com bico de abutre, garras de pantera, presas de hiena e o toque de uma víbora. Tomem o livro dele, rasguem sua roupa, puxem sua barba. Façam com ele o que quiserem; retornem depois e coloquem uma moeda na palma de sua mão, e ele brindará a vocês com o perdão e um sorriso amoroso. Esbofeteiem-no na face, cuspam em seu rosto, pisoteiem-no; depois façam-nos sentar à mesa de vocês e ele esquecerá, estará feliz e afrouxará o cinto, para encher a barriga melhor do alimento e da bebida que a vocês pertence. Blasfemem contra o nome do Senhor dele, difamem sua religião, zombem de sua fé; depois lhe enviem um jarro de vinho ou uma cesta de frutas, e ele os perdoará e os justificará perante Deus e os homens. Vê uma mulher, mas desvia o rosto, clamando 'Vai-te daqui, filha da Babilônia!', ainda que ao mesmo tempo diga consigo mesmo: 'O casamento é melhor do que arder!'. Contempla jovens e donzelas desfilando no cortejo do amor sem erguer seus olhos ao céu, bradando: 'Vaidade das vaidades, tudo é vaidade!'. Quando só, porém, suspira a dizer: 'Que sejam anulados os costumes e tradições que me privaram das alegrias da vida e me negaram os prazeres da existência!'. Ele aconselha às pessoas que não julguem para não serem julgadas, mas ele julga cruelmente os que riem de sua repugnância e condena as almas deles ao inferno antes da morte, e ergue seu olhar para o céu, porém seus pensamentos enrodilham-se como víboras em torno dos bolsos de vocês. Chama vocês de 'meus filhos', mas não experimenta um amor paternal, nem em seus lábios assoma um sorriso para uma criança de peito, nem ele carrega uma criança em seus ombros. Inclinando sua cabeça reverentemente, ele diz a vocês: 'Ergamo-nos acima das coisas mundanas, pois nossas vidas desvanecem como a névoa e nossos dias, semelhantes a uma sombra, não têm existência." Mas, se vocês examinarem bem, o verão acalentar com sofreguidão os acontecimentos da existência e apegar-se aos trajes da vida; entristecendo-se com o passado; temeroso da celeridade do presente; sempre atento à chegada do futuro. Ele exige de vocês caridade, entretanto é mais rico do que vocês. E se lhe trouxerem riqueza, ele os abençoará em público; se a negarem, ele os amaldiçoará em segredo. No templo ele recomenda a vocês os pobres e os necessitados, mas próximo de sua casa os famintos choram e os desamparados estendem a mão diante dela; entretanto ele não ouve o choro dos primeiros nem vê as mãos estendidas dos segundos. Ele cobra suas orações, e aquele que não as compra é um inimigo de Deus e de seus profetas, a quem é negada a felicidade celestial. Esta, portanto, adeptos do Ungido,[13] é a criatura que os amedronta. Este é o bom monge que suga o sangue de vocês. Este é o sacerdote que faz o sinal da cruz com sua mão direita e com a esquerda oprime como uma tenaz os seus corações. Este é o homem da Igreja de quem vocês fazem um servo e que se torna um amo; vocês o beatificam como um santo, mas ele se converte num diabo. Erigem-no como um guardião, mas ele se transforma num pesado jugo. Esta é a sombra que permanece acompanhando seus espíritos desde a época de seu ingresso no mundo até seu retorno ao infinito. Este é o homem que aqui veio esta noite para sentenciar-me e aviltar-me; a razão disso é minha alma ter se insurgido contra os inimigos de Jesus de Nazaré, que amou a vocês e os chamou de seus irmãos e irmãs, e que foi crucificado por sua causa."

---

[13] Que corresponde literalmente a Cristo, todo aquele, na história da religião, do misticismo ou do esoterismo que recebeu a unção sagrada, entre eles exotericamente os fundadores de religiões. No entanto a alusão do autor aqui é especificamente a um deles, Jesus Cristo. (N. T.)

O rosto do jovem iluminou-se e ele captou um despertar espiritual nos corações daqueles que o ouviam e viu no rosto deles a impressão de suas palavras. Alteou ainda mais a voz e prosseguiu: "Ouviram, irmãos e irmãs, que o emir Ameen Al-Shehabi realmente instalou o xeique Abbas como senhor deste povoado, e o soberano realmente apontou o emir como governante desta montanha. Mas viram o poder que efetivamente tornou o soberano governante desta terra? Não veem esse poder como um corpo, e tampouco o ouvem falar; mas sentem sua existência bem no fundo de suas almas, e se curvam diante dele em prece, e o invocam ao dizerem: 'Nosso Pai que estás nos Céus...'. Sim, é seu pai celestial que instala reis e príncipes, pois ele é onipotente. Acreditam, então, que seu Pai, que os ama e que ensinou a vocês os caminhos da verdade através de seus profetas, queria que vocês fossem injustiçados e oprimidos? Será que acreditam que Deus, que causa a precipitação da chuva, que faz as sementes germinarem e produzirem a colheita e as plantas florescerem, desejaria que passassem fome e que fossem objeto de desprezo para que um entre vocês pudesse se satisfazer e encher-se de orgulho? Será que acreditam que o Espírito Eterno que no íntimo de vocês inspira o amor por uma esposa, a ternura pelos filhos, a compaixão por um parente, realmente instalou sobre vocês um senhor cruel para os oprimir e reduzir as suas vidas à servidão? Que a Lei Eterna que os faz amar a luz da existência realmente enviou a vocês alguém que os faria, em lugar disso, amar as trevas da morte? Acreditam que a natureza lhes proporcionou vigor físico para rebaixá-lo perante a fraqueza? Não acreditam nessas coisas, pois, se acreditassem, estariam negando a justiça de Deus e descrendo da luz da verdade que brilha sobre cada um de nós. Então o que os incita a dar acolhida a algo odioso aos seus espíritos? Por que temem a vontade de Deus, que os enviou a este mundo como seres humanos livres, e se tornam escravos daqueles que se rebelam contra sua lei? Por que erguem o olhar para o Onipotente e o chamam de 'Pai' e em seguida se curvam diante de um homem fraco e o chamam de 'Senhor'? Como podem os filhos de Deus ser escravos de homens? Jesus não os chamou de irmãos e irmãs? E, no entanto, o xeique Abbas chama vocês de servos. Jesus não os transformou em pessoas livres em espírito e na verdade? E, no entanto, o emir faz de vocês escravos na vergonha e na corrupção. Jesus não elevou suas cabeças para as alturas celestiais? E, no entanto, vocês as baixam até a terra. Ele não verteu luz no interior de seus corações? E, no entanto, vocês a mergulham nas trevas. Com certeza, Deus remeteu suas almas a esta vida para serem como um archote aceso que cresce em conhecimento e aumenta em beleza na sua busca dos segredos dos dias e das noites. E, no entanto, vocês o cobrem com cinzas e ele apaga. Deus conferiu asas aos seus espíritos para que alcem voo rumo aos domínios do amor e da liberdade. Então por que as cortam com suas próprias mãos e rastejam sobre a terra como insetos? Deus plantou em vossos corações as sementes da felicidade e, no entanto, vocês as arrancam e as jogam nas terras próximas às praias para que os corvos as biquem e os ventos as dispersem. Deus concedeu a vós filhos e filhas para que possam mostrar-lhes os caminhos da verdade e encher seus corações com a melodia da vida e deixar-lhes o júbilo de viver como um legado sem preço. No entanto, ficam inativos e os deixam à mercê da morte nas mãos da sorte; estranhos na terra que os gerou; criaturas do desespero perante o sol. Não é o pai que abandona o seu filho nascido livre na condição de escravo aquele mesmo pai que dá ao seu filho uma pedra quando este pede pão? Será que não veem as aves campestres ensinar seus filhotes a voar? Por que, então, ensinam seus filhos a arrastar grilhões e correntes? Não veem como as flores do vale armazenam suas sementes na terra aquecida pelo sol? Todavia, entregam seus filhos à escuridão e ao frio."

Khalil emudeceu como se seus pensamentos e seus sentimentos houvessem se expandido e crescido e como se seu discurso não tivesse mais uma roupagem. Em seguida, retomou a palavra num tom baixo:

"As palavras ouvidas por vocês esta noite são as responsáveis por minha expulsão do mosteiro. E o espírito do qual sentiram os impulsos em seus corações é o espírito que me entregou amarrado diante de vocês. Se o senhor dos seus campos e o pregador de sua Igreja derem cabo de mim, eu morrerei em regozijo, pois em minha revelação da verdade, a qual é julgada um crime por estes tiranos, a vontade do Criador está realizada."

Existia na voz clara de Khalil um caráter místico que incitou os corações dos homens ao deslumbramento e ao pasmo, como se eles fossem homens cegos que subitamente enxergassem. Sua doçura transmitiu um tremor aos espíritos das mulheres que observavam, e os olhos delas encheram-se de lágrimas. Entretanto o xeique Abbas e o Padre Ilyas eram sacudidos pela cólera. Haviam tentado calar o jovem, mas não foram capazes de fazê-lo, pois ele se dirigia àquela multidão munido de um vigor divino, como à tempestade em sua força e à brisa em sua suavidade.

Após findar seu discurso, Khalil recuou um pouco e se pôs ao lado de Rahel e Maryam. Um silêncio profundo se instaurou, pois era como se seu espírito, pairando acima daquele amplo salão, estivesse direcionando os olhares dos habitantes do povoado para um lugar remoto e atraindo todo o poder de pensamento e de vontade dos espíritos do xeique e do sacerdote, para que cada um deles tremesse diante de suas próprias consciências transtornadas.

Então o xeique Abbas levantou-se, o rosto torcido e amarelado, e ele, a alta voz, repreendeu com severidade os homens que se achavam ao seu redor. Gritou numa voz rouca e áspera: "O que os aflige, cães? Estão com os corações envenenados e cessou a vida em seus corpos a ponto de não serem mais capazes de despedaçar este infiel zombeteiro? Será que o espírito deste indivíduo maligno aprisionou suas almas e a bruxaria dele atou seus braços para que não possam destruí-lo?".

Depois de proferir essas palavras, ele desembainhou uma espada e avançou na direção do jovem manietado com a intenção de abatê-lo. Diante disso, alguém da multidão, um homem de forte compleição física, se interpôs entre eles e disse calmamente:

"Devolva a espada a sua bainha, senhor, pois aquele que saca a espada morrerá pela espada."[14]

Xeique Abbas tremeu e lançou a espada ao chão, mas gritando: "Ousa um servo opor-se ao seu senhor e benfeitor?". O homem respondeu: "Um servo fiel não se associa ao seu senhor em ações malignas. Tudo que este jovem fez foi dizer a verdade diante do povo." Outro homem se adiantou dizendo: "Este jovem nada disse que mereça julgamento e perseguição." E uma mulher ergueu a voz: "Ele não renegou

---

[14] O autor cita Mateus, 26,52, com uma ligeira adaptação: "Devolve tua espada à sua bainha, pois todo aquele que toma a espada morrerá pela espada." (N. T.)

sua fé, nem blasfemou contra o nome de Deus. Por que, então, o chama de herege?". Rahel, em seguida, encorajando-se, adiantou-se e declarou: "Na verdade este jovem é realmente nosso porta-voz e faz queixas em nosso nome. Aquele que deseja o mal deste rapaz é nosso inimigo." Xeique Abbas rangeu os dentes e bradou: "Você também, viúva decaída, se rebela? Esqueceu-se, então, do que aconteceu ao seu marido na ocasião em que ele se rebelou contra mim há cinco anos?".

Ao ouvir essas palavras, Rahel emitiu um grito de dor, tremendo como alguém que topa com um segredo terrível. Voltou seu rosto para o povo bradando: "Ouviram, agora, o assassino, na sua fúria, confessar seu crime? Lembram que meu marido foi encontrado morto no campo e que procuraram o assassino, mas não o encontraram porque ele se escondia por trás destas paredes? Meu marido era um homem corajoso. Não o ouviram falar da conduta maldosa do xeique, a condenar suas ações, rebelando contra sua crueldade? Hoje os Céus revelam a vocês o assassino de seu vizinho e irmão, e o apresentam a vocês. Olhem bem para ele e leiam o crime escrito em seu rosto amarelado. Vejam como está amedrontado e intranquilo. Observem todos como esconde o rosto entre as mãos para não ver seus olhares pousados nele. Contemplem o senhor poderoso tremendo como um caniço partido. O homem poderoso experimentando temor na sua presença como um escravo transviado. Neste momento Deus denunciou este homicida que vocês temem e revelou o espírito mau que me tornou uma viúva entre vocês, mulheres, e tornou minha filha uma órfã entre seus filhos."

Enquanto Rahel assim proferia um discurso que irrompia sobre a cabeça do xeique Abbas como um raio, e os berros dos homens e os gritos das mulheres se precipitavam como tições próximos a ele, o sacerdote levantou-se e tomando-o pelo braço o fez sentar. Em seguida, numa voz trêmula, gritou aos servos: "Agarrem esta mulher que faz acusações falsas contra o seu senhor e arrastem-na com este herege para fora daqui, para que sejam trancafiados numa cela escura. Quem barrar o caminho de vocês será cúmplice deles no mal e será excomungado tal como ele da Santa Igreja."

Contudo os servos não saíram de seus lugares, tampouco acataram a ordem do sacerdote. Permaneciam imóveis, a olhar para o manietado Khalil, Rahel e Maryam. As mulheres se colocaram, uma à sua direita, outra à sua esquerda, semelhantes a duas asas distendidas para alçar voo e penetrar o ar.

Um tremor perpassou a barba do sacerdote enraivecido e ele disse: "Rejeitam a generosidade e beneficência de seu senhor, desavergonhados, em favor deste jovem infiel e desta mulher mentirosa e adúltera?". E o mais velho dos servos respondeu-lhe nos seguintes termos: "Temos servido ao xeique Abbas por alimento e abrigo, mas jamais seremos seus escravos." Dizendo isso, tirou o gorro[15] e o manto e os jogou aos pés do xeique. "Não desejo mais o favorecimento destas vestes para que meu espírito não permaneça sempre atormentado neste lugar de derramamento de sangue." Os outros servos agiram do mesmo modo e formaram novamente uma multidão, mas desta vez a liberdade iluminava os seus rostos.

Ao testemunhar aquele comportamento, Padre Ilyas soube que não tinha mais autoridade sobre eles, e ele deixou aquele lugar amaldiçoando a hora que trouxera Khalil ao povoado.

Um dos homens destacou-se então da multidão, adiantou-se e desamarrou Khalil. Olhou para o xeique Abbas, que caíra no próprio assento como um cadáver, e se dirigiu a ele num tom incisivo e proposital: "Este jovem que você trouxe amarrado até nós para ser julgado como um criminoso iluminou as trevas de nossos corações e orientou nossos olhares na direção da verdade e do conhecimento. E esta infeliz viúva, que foi chamada de desavergonhada e mentirosa, nos revelou o segredo que ficou oculto nestes seis anos. Viemos para cá apressadamente para assistir o julgamento dos inocentes e a perseguição dos justos, mas nossos olhos foram abertos e o Céu expôs, sim, a culpa e a injustiça do xeique. Nós o abandonaremos para que fique na solidão, e ninguém se aproximará de você. Nós nos afastaremos de você e pediremos a Deus que faça consigo o que for da vontade dele."

De todos os cantos do vasto salão ouviram-se vozes de homens e mulheres. Uma pessoa disse: "Venham, vamos deixar este lugar de pecado e crime." Uma outra bradou: "Vamos acompanhar o jovem

---

[15] Não exatamente um gorro, de fato, mas algo como um capuz. (N. T.)

até a casa de Rahel e dar ouvidos à sua sabedoria consoladora e às suas doces palavras." E ainda outra pessoa exclamou alto: "Vamos fazer como quer Khalil, pois ele conhece nossas necessidades melhor do que nós!". Alguém então disse: "Se queremos justiça, vamos amanhã até o emir Ameen para contar a ele sobre os crimes do xeique Abbas, exigindo a punição dele." E outro declarou: "Devemos pedir ao emir para indicar Khalil como nosso senhor neste povoado." E ainda mais alguém ajuntou: "Temos que queixar ao bispo que Padre Ilyas foi cúmplice do xeique em tudo que ele fez."

Quando essas vozes se erguiam de todos os lados e precipitavam-se tal como flechas afiadas sobre o peito palpitante do xeique, Khalil levantou a mão, pedindo que a multidão silenciasse, e a exortou: "Não se apressem demais, meus irmãos e irmãs, mas sim vejam e escutem. Pelo amor que tenho por vocês, suplico que não procurem o emir; ele não fará justiça se opondo ao xeique, porque a fera não morde quem é semelhante a ela. Não façam nenhuma queixa contra o sacerdote ao superior dele, pois ele sabe que toda divisão interna leva à ruína. Nem procurem o emir para que me designe como senhor do povoado, pois um servo fiel não quer servir a um amo perverso. Se eu for digno do amor e da afeição de vocês, permitam que eu viva entre vocês, e permitam que suas alegrias sejam minhas alegrias e suas dores minhas dores. Permitam que eu partilhe de seu trabalho nos campos e do repouso em suas moradas, porque, se eu não for como cada um de vocês, não serei senão alguém que prega a virtude, mas pratica o mal. Agora empunhei o machado derrubando a árvore golpeando sua raiz. Portanto, vamos embora e deixemos xeique Abbas com o tribunal de sua consciência perante o poder de Deus, cujo sol se põe igualmente para os bons e os maus." Tendo se manifestado assim, deixou aquele lugar, e a multidão o seguiu, já que era como se nele existisse uma força que dirigisse a visão dos integrantes daquela multidão.

O xeique se conservou naquele seu posto sozinho como uma torre em ruínas, como um deplorável comandante derrotado. E quando a multidão alcançou o pátio da igreja, e a lua já alçara ao céu e vertia seus raios prateados sobre os céus, Khalil voltou-se e contemplou os rostos dos homens e das mulheres que o olhavam como um rebanho em busca de seu pastor. E no seu íntimo seu espírito se comoveu, e foi como se encontrasse naqueles aldeões pobres um símbolo de povos oprimidos e visse naquelas choupanas precárias enterradas sob a neve o símbolo de uma terra submersa na miséria e na abjeção. Estava ali de pé como um profeta a ouvir o brado das eras, e sua expressão alterou-se e seus olhos se descerraram arregalados como se através de seu espírito considerasse todos os povos do Oriente marchando e arrastando atrás de si suas correntes de servidão por aqueles vales. Ergueu as mãos ao céu e numa voz que abrigava o bramir das ondas do oceano exclamou: "Das profundezas destas profundezas nós te invocamos, ó Liberdade! Atenta para nós. Emergindo desta escuridão alçamos as mãos a ti. Assim, considera-nos. Prostramo-nos sobre estas neves diante de ti. Tem misericórdia para conosco. Perante teu trono sublime permanecemos, e as vestes de nossos antepassados em nossos corpos mancharam-se com seu sangue; cobrindo nossas cabeças com o pó dos túmulos misturado aos seus restos mortais; empunhando as espadas que foram mergulhadas em seus corações; erguendo as lanças que perfuraram seus peitos; arrastando as correntes que tornaram mais lentos seus passos; chorando o choro que feriu suas gargantas; lamentando seus lamentos que saturavam as trevas de suas prisões; pronunciando as preces que ascendiam dos corações atormentados. Presta atenção, ó Liberdade, e escuta-nos! Da nascente do Nilo à foz do Eufrates eleva-se o lamento das almas em uníssono com o brado do abismo. Dos confins da Arábia às montanhas do Líbano, mãos trêmulas por força da agonia da morte se estendem num empenho para alcançar-te. Das praias do golfo à orla do deserto, olhos repletos das lágrimas dos corações estão erguidos para ti. Vira-te, ó Liberdade, e nos contempla.

"Naqueles casebres localizados à sombra da pobreza e da degradação eles despem seus seios diante de ti. Nos vazios de casas imersas nas trevas da ignorância corações se prostram diante de ti. Nos cantos de moradas eclipsadas pela névoa da falsidade e da tirania, almas inclinam-se para ti. Considera-nos, ó Liberdade, e tem misericórdia. Nas escolas e nos estabelecimentos de ensino a juventude desesperada fala a ti, e nas igrejas e mesquitas a Bíblia descartada se volta para ti. Nos tribunais a lei, há muito negligenciada, invoca ti. Tem compaixão, ó Liberdade, e liberta-nos. Em nossas ruas estreitas o mercador permuta seus dias, e seu preço ele dá aos ladrões do Ocidente, e ninguém o aconselha. Em nossos campos improdutivos, o camponês cava o solo com as unhas dos dedos e semeia com sementes de seu coração, irrigando-o com suas lágrimas, mas nada colhe dele exceto espinhos, e ninguém o ensina. Em nossas planícies áridas o beduíno caminha descalço, despido e faminto, e ninguém tem compaixão dele. Fala, ó Liberdade, e nos eduque.

"Nossos cordeiros pastam espinhos e cardo em lugar de relva e ervas, e nossos bezerros trituram raízes de árvores em lugar de grãos, enquanto nossos cavalos se alimentam de plantas secas por falta de cevada. Vem, ó Liberdade, e nos salva. Desde o princípio a escuridão da noite pairou sobre nossas almas. Quando surgirá a aurora? De uma cela de prisão a outra cela de prisão nossos corpos se deslocaram enquanto permanecemos objeto da omissão e do escárnio dos tempos. Até quando teremos de suportar o escárnio dos tempos? Nossos pescoços se movem de um pesado jugo para outro ainda mais pesado enquanto os povos da Terra observam de longe e riem. Por quanto tempo teremos de ser objeto do riso dos povos? Nossas pernas se arrastam sob a sucessão dos grilhões. Nossos grilhões não são destruídos e, todavia, não perecemos. Por quanto tempo ainda teremos que viver?

"Da escravidão no Egito ao exílio da Babilônia; à crueldade da Pérsia e à servidão da Grécia; à tirania de Roma, à opressão do mongol e à cobiça da Europa. Para onde vamos agora? Quando atingiremos o fim desta estrada montanhosa? Sim, das garras do faraó às garras de Nabucodonosor; ao poder de Alexandre, às espadas de Herodes, às garras de Nero e à mandíbula do diabo. Nas mãos de quem teremos de cair e quando a morte nos arrebatará para que possamos encontrar o repouso no aniquilamento?

"Graças à força de nossos braços, colunas de templos e santuários dedicados à glória dos deuses deles foram erigidos; e para o fortalecimento da defesa deles carregamos às costas argamassa e pedras para construção de muralhas e torres; e graças ao vigor de nossos corpos as pirâmides foram construídas para a perpetuação de seus nomes. Até quando edificaremos palácios e mansões, tendo, contudo, como morada choupanas e cavernas? E até quando encheremos recipientes e abasteceremos armazéns enquanto permanecemos a comer bulbos de alho e alho-porro? Até quando teceremos trajes de seda e de lã, enquanto nos cobrimos de farrapos? Devido à maldade e astúcia deles estabeleceu-se a discórdia entre famílias, entre comunidades, entre tribos. Por quanto tempo seremos dispersos como poeira por essa tempestade desapiedada e brigaremos como filhotes famintos em torno deste cadáver fedorento? Para melhor preservar seus tronos e sua tranquilidade eles armaram o druso contra o árabe e incitaram o xiita contra o sunita, encorajaram o curdo a matar o beduíno e instauraram a disputa entre o muçulmano e o cristão. Até quando continuará o irmão a matar seu irmão no seio de sua própria mãe? Até quando o vizinho ameaçará o vizinho junto aos túmulos dos entes amados? Até quando a cruz será separada do crescente ante a face de Deus?

"Preste atenção, ó Liberdade. Escuta-nos, ó mãe de todo o povo, e confia em nós. Fala agora na língua de uma única pessoa, pois para acender a palha seca basta uma centelha. Desperta com o ruído de tuas asas o espírito de um homem entre nós, visto que é de apenas uma nuvem que provém o relâmpago, o qual ilumina mediante um só lampejo os espaços do vale e os cumes das montanhas. Dispersa com teu poder essas nuvens negras e faz descer semelhante ao temporal, como se catapultando, aqueles tronos erigidos sobre ossos e caveiras, dourados com o ouro de tributos e do suborno, cobertos de sangue e lágrimas. Escuta-nos, ó Liberdade. Tem misericórdia, ó filha de Atenas. Salva-nos, ó irmã de Roma; liberta-nos, ó companheira de Moisés. Ampara-nos, ó amada de Maomé; educa-nos, ó noiva de Jesus. Fortalece nossos corações para que possamos viver ou tempera as armas de nossos inimigos para podermos perecer e repousar eternamente em paz."

À medida que Khalil exortava assim os céus, os olhares dos camponeses mantinham-se fixos nele, e o amor deles explodia com a melodia de sua voz; seus espíritos elevavam-se às alturas com o espírito dele e seus corações batiam no mesmo ritmo do coração dele. E naquela hora era como se ele fosse para eles como é a alma para o corpo. Depois de encerrar seu discurso, ele olhou na direção da multidão e disse com serenidade: "A noite nos reuniu na casa do xeique Abbas para que pudéssemos ver a luz do dia; e a opressão trouxe-nos a esta fria claridade para que pudéssemos compreendermo-nos mutuamente e nos reunirmos como aves jovens sob as asas do Espírito Eterno. Vamos agora para nossos leitos, e que cada um esteja pronto para encontrar seu irmão amanhã."

Ditas essas palavras, ele se afastou, seguindo os passos de Rahel e Maryam rumo à sua cabana. O povo dispersou-se, cada um seguindo seu caminho, ponderando sobre o que havia ouvido e visto, e sentindo a carícia de uma nova vida dentro de si.

Mal decorreu uma hora para que as luzes naquelas cabanas se apagassem. O silêncio estendeu seu véu sobre o povoado e o sonho arrebatou os espíritos dos camponeses. Somente o espírito do xeique Abbas se conservou desperto acompanhado dos fantasmas noturnos, a tremer diante de seus crimes, atormentado por seus pensamentos.

VIII

Dois meses se passaram, e Khalil prosseguia vertendo os segredos de seu espírito nos corações dos habitantes do povoado; falando a eles diariamente a respeito da usurpação de seus direitos e mostrando a eles a vida dos monges ambiciosos, fazendo relatos envolvendo seus governantes cruéis, criando com eles um forte vínculo, semelhante às leis eternas que unem muitos corpos. Ouviam-no com grande contentamento enquanto a terra ressecada regozijava-se com a queda da chuva. Repetiam as palavras dele quando estavam a sós, trajando as almas de seu significado com um corpo de amor. Não davam mais atenção ao Padre Ilyas, que os adulava desde a descoberta dos crimes de seu companheiro, o xeique. Ele se aproximava deles agora dócil, manifestando a maleabilidade de uma vela, quando antes sua inflexibilidade era como a dureza do granito.

Quanto ao xeique Abbas, uma enfermidade do espírito, semelhante à loucura, agora o afligia. Andava de lá para cá através dos corredores de sua habitação como um tigre aprisionado. Solicitava a assistência dos servos, fazendo-o em voz alta, mas nenhum o atendia exceto as paredes. Gritava por seus homens para que o auxiliassem, mas nenhum deles vinha em seu auxílio salvo sua infeliz esposa, que suportara sua crueldade como os camponeses haviam suportado sua tirania. E quando chegou a quaresma, com ela Deus anunciando o início da primavera, a existência do xeique alcançou seu desenlace com o fim do inverno. Ele morreu agitado pela agonia e pelo terror e sua alma seguiu seu caminho, conduzida sobre o tapete de suas ações para apresentar-se nua perante aquele poder cuja existência sentimos, porém não vemos.

Entre os camponeses havia muitas opiniões divergentes a respeito da forma como o xeique morrera. Alguns diziam que ele perdera a razão e morrera louco. Outros sugeriam que, com a perda de sua autoridade, sua vida fora envenenada pelo desespero, que o levou ao suicídio. Entretanto, as mulheres que foram consolar sua esposa contaram aos seus maridos que ele morrera de medo e terror porque o espectro de Sam'an Al-Rami costumava aparecer a ele com as roupas ensanguentadas e o conduzia à força à meia-noite ao local onde Sam'an fora encontrado morto cinco anos antes.

E o mês de Nisan chegou, anunciando às pessoas do povoado o amor oculto entre Khalil e Maryam, filha de Rahel. A alegria iluminava seus rostos e a felicidade fazia dançar seus corações, pois não temiam mais que o jovem que despertara seus corações para um domínio mais elevado e mais amplo os deixasse. As pessoas se visitavam, compartilhando o contentamento pelo fato de Khalil ter-se tornado um vizinho querido de cada uma delas.

E quando veio a época da colheita, os camponeses saíram para os campos para fazê-la e juntar a produção para as eiras. O xeique Abbas não estava presente para apoderar-se da colheita e mandar transportá-la aos seus recipientes e armazéns. Cada camponês colheu o que havia semeado, de modo que as choupanas ficaram cheias de milho e trigo, vinho e azeite. E Khalil foi parceiro deles tanto no trabalho árduo quanto na alegria. Ajudou-os a realizar a colheita, prensar as uvas e apanhar os frutos. Ele não os superava em nada exceto em seu amor e empenho. Daquele ano até hoje, cada camponês naquele povoado tem colhido em alegria o que semeou em lágrimas; e tem colhido com regozijo os frutos do pomar que plantou com esforço e trabalho. E a terra tornou-se a terra daquele que a lavra e os vinhedos a porção daquele que os cultivou.

Meio século se passou após esses acontecimentos, e houve um despertar para o povo do Líbano. Quando o caminhante faz o seu trajeto rumo à floresta dos cedros, detém-se e contempla a beleza daquele povoado sentado como uma noiva à beira do vale. Vê as cabanas que existiam, como excelentes casas no fundo dos campos férteis e pomares em flor. E caso esse caminhante pergunte a um habitante do povoado acerca do xeique Abbas, este responderá apontando um monte de pedras e paredes em ruína: "Este é seu palácio, e esta, a história de sua vida." E caso lhe seja perguntado sobre Khalil, erguerá sua mão para o céu e dirá: "Lá no alto está nosso bom amigo Khalil; a história de sua vida, nossos pais inscreveram em letras brilhantes nas folhas de nossos corações, e dias e noites não as apagarão."

Este livro foi impresso pela Paym Gráfica e Editora
em fonte Adobe Garamond Pro sobre papel Norbrite Cream 67 g/m²
para a Edipro no outono de 2018.